Agatha Christie

Encontro com a morte

Tradução de Bruno Alexander

www.lpm.com.br

L&PM POCKET

Coleção **L&PM** POCKET, vol. 974

Texto de acordo com a nova ortografia.
Título original: *Appointment with Death*

Primeira edição na Coleção **L&PM** POCKET: setembro de 2011
Esta reimpressão: outubro de 2020

Tradução: Bruno Alexander
Capa: designedbydavid.co.uk © HarperCollins/Agatha Christie Ltd 2008
Preparação: Jó Saldanha
Revisão: Viviane Borba Barbosa

CIP-Brasil. Catalogação na Fonte
Sindicato Nacional dos Editores de Livros, RJ.

C479e

Christie, Agatha, 1890-1976
Encontro com a morte / Agatha Christie; tradução de Bruno Alexander. – Porto Alegre, RS: L&PM, 2020.
240p. : 18 cm. (Coleção L&PM POCKET; v. 974)

Tradução de: *Appointment with Death*
ISBN 978-85-254-2465-5

1. Romance inglês. I. Alexander, Bruno. II. Título. III. Série.

11-5365. CDD: 823
CDU: 821.111-3

Rua Comendador Coruja, 314, loja 9 – Floresta – 90.220-180
Porto Alegre – RS – Brasil / Fone: 51.3225.5777

Pedidos & Depto. Comercial: vendas@lpm.com.br
Fale conosco: info@lpm.com.br
www.lpm.com.br

Impresso no Brasil
Primavera de 2020

Agatha Christie
(1890-1976)

Agatha Christie é a autora mais publicada de todos os tempos, superada apenas por Shakespeare e pela Bíblia. Em uma carreira que durou mais de cinquenta anos, escreveu 66 romances de mistério, 163 contos, dezenove peças, uma série de poemas, dois livros autobiográficos, além de seis romances sob o pseudônimo de Mary Westmacott. Dois dos personagens que criou, o engenhoso detetive belga Hercule Poirot e a irrepreensível e implacável Miss Jane Marple, tornaram-se mundialmente famosos. Os livros da autora venderam mais de dois bilhões de exemplares em inglês, e sua obra foi traduzida para mais de cinquenta línguas. Grande parte da sua produção literária foi adaptada com sucesso para o teatro, o cinema e a tevê. *A ratoeira*, de sua autoria, é a peça que mais tempo ficou em cartaz, desde sua estreia, em Londres, em 1952. A autora colecionou diversos prêmios ainda em vida, e sua obra conquistou uma imensa legião de fãs. Ela é a única escritora de mistério a alcançar também fama internacional como dramaturga e foi a primeira pessoa a ser homenageada com o Grandmaster Award, em 1954, concedido pela prestigiosa associação Mystery Writers of America. Em 1971, recebeu o título de Dama da Ordem do Império Britânico.

Agatha Mary Clarissa Miller nasceu em 15 de setembro de 1890 em Torquay, Inglaterra. Seu pai, Frederick, era um americano extrovertido que trabalhava como corretor da Bolsa, e sua mãe, Clara, era uma inglesa tímida. Agatha, a caçula de três irmãos, estudou basicamente em casa, com tutores. Também teve aulas de canto e piano, mas devido ao temperamento introvertido não seguiu carreira artística. O pai de Agatha morreu quando ela tinha onze anos, o que a aproximou da mãe, com quem fez várias viagens. A paixão por conhecer o mundo acompanharia a escritora até o final da vida.

Em 1912, Agatha conheceu Archibald Christie, seu primeiro esposo, um aviador. Eles se casaram na véspera do Natal de 1914 e tiveram uma única filha, Rosalind, em 1919. A carreira literária de Agatha – uma fã dos livros de suspense do escritor inglês Graham Greene – começou depois que sua irmã a desafiou a escrever um romance. Passaram-se alguns anos até que o primeiro livro da escritora fosse publicado. *O misterioso caso de Styles* (1920), escrito próximo ao fim da Primeira Guerra Mundial, teve uma boa acolhida da crítica. Nesse romance aconteceu a primeira aparição de Hercule Poirot, o detetive que estava destinado a se tornar o personagem mais popular da ficção policial desde Sherlock Holmes. Protagonista de 33 romances e mais de cinquenta contos da autora, o detetive belga foi o único personagem a ter o obituário publicado pelo *The New York Times*.

Em 1926, dois acontecimentos marcaram a vida de Agatha Christie: a sua mãe morreu, e Archie a deixou por outra mulher. É dessa época também um dos fatos mais nebulosos da biografia da autora: logo depois da separação, ela ficou desaparecida durante onze dias. Entre as hipóteses figuram um surto de amnésia, um choque nervoso e até uma grande jogada publicitária. Também em 1926, a autora escreveu sua obra-prima, *O assassinato de Roger Ackroyd*. Este foi seu primeiro livro a ser adaptado para o teatro – sob o nome *Álibi* – e a fazer um estrondoso sucesso nos teatros ingleses. Em 1927, Miss Marple estreou como personagem no conto "O Clube das Terças-Feiras".

Em uma de suas viagens ao Oriente Médio, Agatha conheceu o arqueólogo Max Mallowan, com quem se casou em 1930. A escritora passou a acompanhar o marido em expedições arqueológicas e nessas viagens colheu material para seus livros, muitas vezes ambientados em cenários exóticos. Após uma carreira de sucesso, Agatha Christie morreu em 12 de janeiro de 1976.

A Richard e Myra Mallock, para eles se lembrarem de sua jornada a Petra

Sumário

PARTE I

Capítulo I

I

"– *Você entende que ela tem de ser assassinada, não entende?*"

A pergunta pairou no silêncio noturno por um instante e se desvaneceu na escuridão rumo ao Mar Morto.

Hercule Poirot fez uma pausa com a mão no trinco da janela e depois, de testa franzida, decidiu fechá-la, para impedir que o ar traiçoeiro da noite entrasse no quarto. Acostumara-se a acreditar que o ar exterior deveria ser mantido do lado de fora, e a brisa daquela noite era especialmente nociva à saúde.

Fechou cuidadosamente as cortinas e andou até a cama, sorrindo para si mesmo.

"– *Você entende que ela tem de ser assassinada, não entende?*"

Palavras curiosas para um detetive como Hercule Poirot ouvir por acaso em sua primeira noite em Jerusalém.

– Não tem jeito. Aonde quer que eu vá, tem sempre alguma coisa para me lembrar de crimes! – murmurou.

Continuou sorrindo ao recordar uma história que ouvira certa vez sobre o romancista Anthony Trollope. Trollope cruzava o Atlântico na época e ouviu, por acaso, dois passageiros comentando o último episódio de um de seus romances.

"– Muito bom", declarou um deles. "– Mas o autor deveria matar aquela velha chata."

Com um largo sorriso no rosto, o romancista aborda-os:

"– Cavalheiros, agradeço-lhes imensamente! Vou matá-la agora mesmo."

Hercule Poirot perguntou-se o que teria ocasionado as palavras que acabara de ouvir. Seria um trecho de uma peça? De um livro?

Pensou, ainda sorrindo: "Essas palavras podem ter algum dia um significado mais sinistro".

A voz revelava um nervosismo curioso, lembrava agora – um tremor que denunciava alguma tensão emocional intensa. Voz de homem – ou de menino...

Hercule Poirot disse a si mesmo ao apagar a luz, já deitado na cama: "*Reconheceria essa voz, se voltasse a ouvi-la...*".

II

Debruçados sobre o peitoril da janela, bem juntos um do outro, Raymond e Carol Boynton contemplavam a imensidão azul da noite. Num tom nervoso, Raymond repetiu o que acabara de dizer:

– Você entende que ela tem de ser assassinada, não entende?

Carol Boynton, levemente perturbada, comentou, com a voz grave e rouca:

– É horrível...

– Não mais horrível do que *isto*!

– Imagino que não...

Raymond desabafou, num ímpeto:

– Não dá para continuar assim... não dá... *Precisamos* fazer alguma coisa... E não *podemos* fazer nada...

Carol propôs, sem firmeza (e ela sabia disso):

– E se déssemos um jeito de fugir...?

– Não dá – a voz dele denotava vazio e falta de esperança. – Carol, você sabe que não podemos...

A garota estremeceu.

– Eu sei, Ray, eu sei.

Raymond soltou um risinho amargo.

– As pessoas diriam que somos loucos, de não conseguir simplesmente escapar...

Carol exclamou, lentamente:

– Talvez sejamos loucos mesmo!

– Sim. Talvez sejamos loucos. De qualquer forma, logo ficaremos... Algumas pessoas diriam que já somos, se nos ouvissem aqui, calmamente, planejando a sangue-frio o assassinato da nossa própria mãe!

Carol corrigiu-o:

– Ela não é nossa mãe!

– É verdade.

Depois de uma pausa, Raymond perguntou, num tom agora bastante prosaico:

– Você concorda, Carol?

Carol respondeu com firmeza:

– Acho que ela deve morrer... sim...

E de repente explodiu:

– Ela é louca... Tenho certeza de que é louca... Não nos torturaria como faz se fosse normal. Há anos que repetimos "Isso não pode continuar assim" e continua! Vivemos dizendo "Ela morrerá algum dia"... mas ela não morre! Acho que não morrerá nunca, a não ser...

Raymond completou a frase:

– A não ser que a matemos...

– Isso.

Carol agarrou-se ao parapeito.

Seu irmão adotou um tom trivial de frieza, com certa inquietação na voz, devido ao entusiasmo dissimulado.

– Você compreende que tem de ser um de nós, não compreende? Quanto a Lennox, existe Nadine a considerar. E não poderíamos envolver Jinny nisso.

Carol tremeu.

– Coitadinha da Jinny... Estou com tanto medo...

– Eu sei. Está piorando, não? Por isso alguma coisa tem que ser feita o mais rápido possível... antes que ela enlouqueça de vez.

Carol levantou-se de repente, puxando para trás o cabelo castanho que caía na testa.

– Ray – disse –, você não acha *errado* mesmo, não é?

Ray respondeu naquele mesmo tom aparentemente imparcial.

– Não. A meu ver, é como matar um cão raivoso... algo que prejudica o mundo e precisa ser eliminado. É a única forma de acabar com isso.

Carol ponderou baixinho:

– Mas eles nos mandariam para a cadeira elétrica de qualquer jeito... Ou seja, não poderíamos explicar como ela é... Pareceria uma história fantástica... De certo modo, está tudo na nossa *imaginação*!

Raymond tranquilizou-a:

– Ninguém jamais saberá. Tenho um plano. Já pensei em tudo. Ficaremos seguros.

Carol virou-se para o irmão, de súbito:

– Ray, de uma forma ou de outra, você está diferente. Alguma coisa *aconteceu* com você... Quem colocou tudo isso na sua cabeça?

– Por que alguma coisa teria acontecido comigo?

Olhou para a frente, com o olhar perdido na escuridão.

– Porque aconteceu... Ray, foi aquela moça do trem?

– Não, claro que não... Por que haveria de ser? Carol, não fale besteira. Vamos voltar ao... ao...

– Seu plano? Tem certeza de que é um bom plano?

– Acho que sim... Precisamos esperar pela oportunidade certa, claro. Aí, se tudo sair conforme o esperado, ficaremos livres... todos nós.

– Livres? – Carol soltou um suspiro, olhando para as estrelas. De repente, explodiu numa crise de choro.

– O que foi, Carol?

Entre lágrimas, ela disse:

– É tão lindo... a noite, o céu azul, as estrelas... Quem dera pudéssemos fazer parte disso tudo... Quem dera pudéssemos ser outras pessoas... e não esses seres desvirtuados e *perdidos.*

– Mas seremos... ficaremos bem... quando ela estiver morta!

– Tem *certeza*? Não é tarde demais? Não seremos sempre desvirtuados?

– Não, de jeito nenhum.

– Será?

– Carol, se você preferir não...

Ela recusou seu abraço de consolo.

– Não, estou do seu lado... para o que der e vier! Por causa dos outros... principalmente Jinny. Precisamos salvá-la!

Raymond parou por um momento.

– Então... continuamos?

– Sim!

– Ótimo. Vou lhe contar meu plano.

Inclinou-se em direção à irmã.

Capítulo 2

A srta. Sarah King, bacharel em medicina, folheava jornais e revistas na sala de leitura do Hotel Solomon, em Jerusalém. Com a testa franzida, parecia preocupada.

O francês alto de meia-idade que entrou na sala vindo do corredor olhou-a por um instante antes de dirigir-se ao outro lado da mesa. Quando seus olhares se encontraram, Sarah deu um sorrisinho de reconhecimento. Lembrava-se que aquele homem a ajudara na viagem ao Cairo, carregando uma de suas malas num momento em que não havia nenhum carregador por perto.

– Está gostando de Jerusalém? – perguntou o dr. Gerard após trocarem cumprimentos.

– É um lugar terrível de certo modo – comentou Sarah, acrescentando: – Religião é uma coisa muito estranha!

O francês pareceu interessado.

– Sei o que você quer dizer – seu inglês era quase perfeito. – Todo tipo de seitas brigando entre si!

– E as coisas horríveis que eles construíram também! – lembrou Sarah.

– É verdade.

Sarah suspirou.

– Fui expulsa de um lugar hoje porque estava com um vestido sem mangas – disse, chateada. – Pelo visto, o Todo-Poderoso não gosta dos meus braços, apesar de tê-los criado.

O dr. Gerard riu e disse:

– Eu ia pedir um café. Gostaria de me acompanhar, srta...?

– King. Sarah King.

– E o meu... permita-me. – Sacou um cartão.

Ao ler o nome, Sarah arregalou os olhos, pela agradável surpresa.

– Dr. Theodore Gerard? Que emoção conhecê-lo. Li todos os seus trabalhos, evidentemente. Sua visão sobre a esquizofrenia é interessantíssima.

– *Evidentemente*? – perguntou o dr. Gerard, levantando as sobrancelhas.

– É que também serei médica. Acabei de me graduar como bacharel.

– Entendi.

O dr. Gerard pediu o café, e os dois se sentaram num canto da sala. O francês estava menos interessado nas realizações profissionais de Sarah do que em seu cabelo preto ondulado e sua linda boca vermelha. Encantara-lhe a admiração óbvia que ela demonstrara em relação a ele.

– Você vai ficar muito tempo? – perguntou, para puxar conversa.

– Alguns dias, não muito. Quero ir a Petra depois.

– É mesmo? Eu também estava pensando em ir a Petra, se não levasse muito tempo. Preciso estar em Paris no dia 14.

– Leva cerca de uma semana, acho. Dois dias para ir, dois dias lá e dois dias para voltar.

– Vou a uma agência de viagens amanhã de manhã ver o que consigo.

Um grupo de pessoas entrou no salão e sentou-se. Sarah observou-os com certo interesse. Baixou a voz.

– Essas pessoas que acabaram de entrar, o senhor reparou nelas no trem outro dia? Saíram do Cairo ao mesmo tempo que nós.

O dr. Gerard colocou os óculos e olhou em volta.

– Americanos?

– Sim. Uma família americana. Mas... muito diferente, na minha opinião.

– Diferente? Diferente como?

– Olhe para eles. Principalmente a senhora mais velha.

O dr. Gerard obedeceu. Seu aguçado olhar profissional deslizou de rosto em rosto.

Reparou primeiro num homem alto e desengonçado, de uns trinta anos. O rosto era agradável, mas revelava fraqueza e seus modos pareciam estranhamente apáticos. Depois, havia dois jovens muito bonitos – o rapaz parecia uma escultura grega. "Tem algo de errado com ele também", pensou o dr. Gerard. "Sim... um nítido estado de tensão." A menina era visivelmente sua irmã, pela forte semelhança entre eles, e também estava alterada. Havia outra menina, ainda mais nova – de cabelo ruivo-dourado, que parecia uma auréola; suas mãos não paravam quietas, rasgando o lenço que estava no colo. Outra mulher, jovem, tranquila, pálida, de cabelo escuro e um rosto plácido, como o da Madonna de Luini. Não denotava nenhuma agitação! E no centro do grupo... "Meu Deus!", pensou o dr. Gerard, com uma clara repulsa de francês. "Que mulher horrível!" Velha, inchada, sentada ali, imóvel, no meio deles – um velho Buda desfigurado –, uma aranha gorda no centro de uma teia!

A Sarah, ele disse:

– *La maman* é bem feinha, não? – e encolheu os ombros.

– Tem algo bastante sinistro nela, não acha?

O dr. Gerard observou-a de novo, dessa vez com um olhar profissional, não estético.

– Hidropisia... problemas cardíacos... – acrescentou em fluente linguagem médica.

– Ah, claro! – concordou Sarah, ignorando o lado médico. – Mas existe alguma coisa muita estranha na atitude deles em relação a ela, não acha?

– Quem são eles, você sabe?

– Chamam-se Boynton. Mãe, filho, a mulher do filho, um filho mais novo e duas filhas menores.

O dr. Gerard murmurou:

– *La famille Boynton* vê o mundo.

– Sim, mas tem alguma coisa estranha *nisso*. Eles não falam com ninguém. E não podem fazer nada, a não ser que a velha diga para fazer!

– É do tipo matriarcal – comentou o dr. Gerard, ponderadamente.

– A própria tirana, me parece – sentenciou Sarah.

O dr. Gerard deu de ombros e observou que as mulheres americanas dominavam a terra – isso todo mundo sabia.

– Sim, mas não é só isso. – Sarah insistiu. – Ela... deixa-os tão *intimidados*... tão submissos... que chega a ser vergonhoso!

– Ter muito poder é ruim para as mulheres – Gerard concordou, com repentina gravidade. Sacudiu a cabeça em sinal de desaprovação.

– É difícil para uma mulher não abusar do poder.

Olhou de rabo de olho para Sarah. Ela observava a família Boynton – ou melhor, observava um membro específico da família. O dr. Gerard deu um sorrisinho compreensivo, tipicamente francês. Ah! Então era isso, não?

Perguntou, interessado:

– Já falou com eles?

– Já... pelo menos com um deles.

– Com o rapaz... o filho mais novo?

– Sim. No trem, vindo para cá de Kantara. Ele estava parado no corredor.

Não havia constrangimento na sua postura em relação à vida. Interessava-se pela humanidade e tinha uma espécie de dedicação cordial, embora impaciente.

– O que a fez falar com ele?

Sarah levantou os ombros.

– Por que não? Costumo falar com as pessoas nas viagens. Interesso-me pelos outros... pelo que eles fazem, pensam e sentem.

– Ou seja, coloca-os no microscópio, digamos assim.

– Pode ser – admitiu a moça.

– E quais foram as suas impressões?

– Bem – disse, hesitante –, foi estranho... Para início de conversa, o rapaz ficou mais vermelho do que pimentão.

– E o que há de tão especial nisso? – perguntou Gerard, ironicamente.

Sarah riu.

– O senhor está querendo dizer que ele pensou que eu fosse uma sem-vergonha assediando-o? Não, não acho que ele tenha pensado isso. Os homens sempre sabem, não sabem?

Fitou-o com olhar claramente interrogativo. O dr. Gerard respondeu que sim com a cabeça.

– Tenho a impressão – continuou Sarah, falando devagar e franzindo um pouco a testa – de que ele estava... como posso dizer?... empolgado e desconcertado ao mesmo tempo. Empolgado de forma exagerada... e também absurdamente apreensivo. Estranho, não? Sempre achei os americanos muito seguros de si. Um garoto americano de vinte anos, por exemplo, tem muito mais conhecimento do mundo e *savoir-faire* do que um garoto inglês da mesma idade. E esse rapaz deve ter mais de vinte anos.

– Uns 23, 24, eu diria.

– Tudo isso?

– Acho que sim.

– Sim... talvez o senhor esteja certo... Só que parece tão novinho...

– Desajuste mental. O fator "criança" persiste.

– Então tenho razão? Ou seja, ele tem mesmo algo de anormal?

O dr. Gerard encolheu os ombros, sorrindo de leve pela veemência de Sarah.

– Minha cara donzela, quem pode se julgar normal? De qualquer maneira, garanto que tem algum tipo de neurose.

– Relacionada àquela velha terrível, tenho certeza.

– Parece que você não gosta nem um pouco dela – observou Gerard, olhando-a com curiosidade.

– Não gosto mesmo. Ela tem um olhar... maligno!

Gerard comentou em voz baixa:

– Assim como muitas outras mães quando o filho se sente atraído por moças fascinantes!

Sarah deu de ombros, com impaciência. "Os franceses são todos iguais: só pensam em sexo", disse para si mesma. De qualquer forma, como psicóloga, era obrigada a admitir que havia sempre um fundo sexual por trás da maior parte dos fenômenos. Seus pensamentos percorriam um terreno psicológico familiar.

Saiu desse estado de reflexão com um sobressalto. Raymond Boynton atravessava o salão em direção à mesa central. Escolheu uma revista. Quando passou por sua cadeira na volta, ela abordou-o.

– Visitou muitos lugares hoje?

Foram as primeiras palavras que lhe vieram à cabeça. O verdadeiro interesse era ver sua reação.

Raymond parou, enrubesceu, refugou como um cavalo nervoso, os olhos voltados apreensivamente para a sua família, e disse, na voz que lhe saiu:

– Ah... ah, sim... Por quê? Sim, visitei. Eu...

Então, de repente, como se tivesse recebido um golpe de espora, voltou correndo para os familiares, com a revista em punho.

Aquele Buda grotesco que era a velha esticou a mão gorda para pegar a revista, mas seus olhos, o dr. Gerard reparou, fixaram-se no rosto do rapaz. Resmungou qualquer coisa, certamente palavras de agradecimento inaudíveis. Girou a cabeça levemente. O doutor notou que olhava fixo agora para Sarah, com o semblante impassível. Impossível determinar o que se passava em sua cabeça.

Sarah consultou o relógio e exclamou:

– Nossa, o tempo voou! – Levantou-se. – Muito obrigada, dr. Gerard, pelo café. Preciso escrever algumas cartas agora.

O médico ergueu-se e apertou-lhe a mão.

– Deveremos nos encontrar de novo. Assim espero – disse.

– Claro! O senhor irá a Petra?

– Farei o possível para ir.

Sarah sorriu para ele e virou-se. Para sair, teria de passar pela família Boynton.

O dr. Gerard, apenas observando, reparou no olhar da sra. Boynton para o filho, que a encarou de volta. Quando Sarah passou, Raymond Boynton virou parcialmente a cabeça – não em direção a ela, mas para o outro lado, num movimento lento, involuntário, como se a velha sra. Boynton tivesse puxado uma corda invisível.

Sarah King notou o gesto, e era jovem e humana o suficiente para se chatear com aquilo. Haviam tido uma conversa tão descontraída no corredor sacolejante daquele vagão-leito. Haviam comparado anotações sobre o Egito, haviam rido juntos do estranho linguajar dos vendedores e dos guias. Sarah descrevera o diálogo que tivera com um beduíno, que lhe perguntara insolentemente "Você *ser inglês* ou *americano*?", e ela respondera:

"Não, sou chinesa". E qual não foi seu prazer ao ver a cara de perplexidade do sujeito, olhando fixo para ela. O rapaz se comportara, pensava, como um colegial ansioso – uma ansiedade ridícula. E agora, sem motivo nenhum, mostrava-se desconfiado, rude, grosseiro.

– Não quero mais nada com ele – disse Sarah, indignada.

Pois Sarah, sem ser excessivamente convencida, gostava de si mesma. Sabia que atraía o sexo oposto, e estava acostumada com a admiração masculina!

Havia sido, talvez, cordial demais com o garoto, porque, por alguma razão obscura, sentia pena dele.

Mas agora, dava para ver, ele não passava de um jovem americano arrogante!

Em vez de escrever as cartas que mencionara, Sarah King sentou-se em frente à penteadeira, penteou o cabelo para trás, viu um par de olhos castanho-claros perturbados dentro do espelho e fez um balanço de sua vida.

Havia acabado de superar uma crise emocional dificílima. Um mês antes, desmanchara o noivado com um jovem médico, quatro anos mais velho. Estiveram muito envolvidos um com o outro, mas tinham o temperamento muito parecido. Discutiam e discordavam o tempo todo. Sarah era muito dominadora para submeter-se. Como muitas mulheres inteligentes, pensava apreciar a energia. Vivia dizendo a si mesma que desejava ser dominada. Quando conheceu um homem capaz de dominá-la, descobriu que não gostava nem um pouco daquilo! Terminar com o noivado foi muito penoso, mas teve clareza suficiente para perceber que não podia construir uma vida de felicidade baseada somente na atração mútua. Deu-se de presente umas férias no exterior que a ajudassem a esquecer, antes de mergulhar na profissão.

Seus pensamentos voltaram do passado para o presente.

"Será", pensou, "que o dr. Gerard falará de seu trabalho comigo? Sua produção é tão maravilhosa. Se me levar a sério... Talvez... se for a Petra..."

Aí, pensou de novo no jovem americano grosseiro.

Não tinha dúvidas de que havia reagido daquela maneira tão peculiar por causa da presença dos familiares, mas de qualquer modo sentiu certo desprezo por ele. Submeter-se assim ao controle da família... era bastante ridículo, principalmente para um *homem*!

E no entanto...

Sentiu algo estranho. Aquilo tudo, com certeza, não era normal.

De repente, disse em voz alta:

– Aquele rapaz deseja ser salvo! Vou ajudá-lo!

Capítulo 3

Sarah saiu do salão e o dr. Gerard ainda ficou lá sentado por algum tempo. Depois, ele foi até a mesa de centro, pegou o último número do *Le Matin* e sentou-se numa cadeira a poucos metros da família Boynton. Estava curioso.

Primeiro, ficou pensando no interesse da menina inglesa por aquela família americana. Diagnosticou, com sagacidade, que ela estava interessada em alguém específico. Mas agora, alguma coisa fora do comum naquelas pessoas despertara nele um interesse mais profundo, imparcial, de cientista. Sentia que havia uma questão psicológica em jogo.

De maneira muito discreta, por trás do jornal, o médico os avaliava. Primeiro, o rapaz por quem a bela menina inglesa estava tão interessada. Sim, pensou Gerard, o tipo de sujeito que a atrairia. Sarah King tinha energia – era equilibrada, tinha discernimento e força de vontade. O dr. Gerard julgou que o jovem fosse sensível, observador, reservado e altamente influenciável. Notou, com olhar profissional, que o rapaz estava num momento de tensão nervosa. Por que seria? Aquilo o intrigava. Por que um jovem, cuja saúde física era obviamente boa, passeando no exterior, estava à beira de um colapso nervoso?

O médico voltou sua atenção para os outros membros do grupo. A menina de cabelo castanho-claro, estava na cara, era irmã de Raymond. Tinham a mesma compleição física, esbeltos, de aparência aristocrática, mãos finas, traços bem definidos no maxilar, cabeça equilibrada num pescoço comprido e esguio. E a menina também estava nervosa. Fazia pequenos movimentos involuntários, os olhos ensombrecidos na parte de baixo e exageradamente brilhantes. Falava rápido e de maneira ofegante. Mantinha-se atenta, alerta, incapaz de relaxar.

"E ela também está com medo", concluiu o dr. Gerard. "Sim, ela está com medo!"

Conseguiu ouvir trechos da conversa, uma conversa bastante comum.

"– Podemos visitar os Estábulos de Salomão?" "– Não será demais para a mamãe?" "– Vamos ao Muro das Lamentações de manhã?" "– Ao templo, claro – a Mesquita de Omar, como chamam; por que será?" "– Porque transformaram o templo numa mesquita muçulmana, Lennox, é óbvio."

Conversa normal de turista. No entanto, o dr. Gerard tinha uma estranha convicção de que aqueles pedaços de diálogo ouvidos por acaso eram especialmente irreais, como uma máscara, um disfarce para uma agitação oculta, algo profundo e abstrato demais para ser colocado em palavras. Deu mais uma olhada rápida por cima do *Le Matin.*

Lennox? Era o irmão mais velho. A mesma semelhança familiar, mas havia uma diferença. Lennox não estava tão tenso; era, Gerard concluiu, o menos nervoso. Porém, havia algo de estranho nele também. Não apresentava sinal de tensão muscular como os outros dois. Estava sentado bastante à vontade, largado. Procurando na memória exemplos de pacientes que se sentavam da mesma maneira, Gerard pensou:

"Ele está *exausto*... sim, exaustão com sofrimento. Esse olhar... olhar de cachorro ferido ou de cavalo doente... aquela resignação cega e animalesca... É estranho isso... Fisicamente, nada há de errado com ele... Mas não há dúvidas de que sofreu muito ultimamente... sofrimento mental... agora não sofre mais... resiste em silêncio... esperando a bomba explodir, suponho... Que bomba? Será que estou imaginando tudo isso? Não, o homem está esperando alguma coisa. O fim. Como os pacientes de câncer, que ficam lá deitados, esperando, gratos ao analgésico que alivia um pouco a dor..."

Lennox Boynton levantou-se para pegar um novelo de lã que a velha deixara cair.

– Aqui está, mãe.

– Obrigada.

O que estaria tricotando aquela figura monumental e impassível? Algo grosso e pouco sofisticado. "Luvas para prisioneiros!", Gerard riu de sua própria imaginação.

Dirigiu sua atenção para o membro mais novo do grupo – a jovem ruiva. Devia ter uns dezenove anos. Sua pele tinha aquela alvura típica das pessoas ruivas. Apesar de esquelético, o rosto era bonito. Estava sentada, sorrindo para si mesma, sorrindo para o espaço. Havia algo curioso naquele sorriso, tão distante do Hotel Solomon, de Jerusalém... Lembrava-lhe alguma coisa... De uma hora para outra, descobriu o que era: o misterioso sorriso das cariátides na Acrópole de Atenas – algo remoto, encantador e um pouco inumano... A magia do sorriso e a inefável quietude da jovem abalaram-no.

Nesse momento, com espanto, reparou nas mãos dela. Estavam escondidas debaixo da mesa, mas dava para ver de onde estava. Sobre o regaço, picotavam um delicado lenço.

Ficou perplexo com tudo aquilo. O sorriso distante, o corpo imóvel e as mãos inquietas, destruindo...

Capítulo 4

Ouviu-se uma lenta tosse asmática, e então a velha colossal que estava tricotando falou.

– Ginevra, você está cansada, melhor ir para a cama.

A jovem assustou-se. Os dedos pararam o movimento mecânico.

– Não estou cansada não, mãe.

Gerard reconheceu, com prazer, o tom musical de sua voz. Tinha o cantar doce que embeleza até as frases mais comuns.

– Está sim. Nunca me engano. Você não está em condições de visitar a cidade amanhã.

– Mas eu irei. Estou bem.

Numa voz grave, quase um grunhido, sua mãe decretou:

– Não está não. Você vai ficar doente.

– Não vou não! Não vou não!

A jovem começou a tremer.

Uma voz calma tranquilizou-a:

– Vou subir com você, Jinny.

A moça tranquila de cabelo cacheado preto e grandes olhos reflexivos ficou de pé.

Nesse momento, a velha sra. Boynton disse:

– Não. Deixe-a subir sozinha.

A jovem protestou:

– Quero que a Nadine venha comigo!

– Eu vou, claro – a moça deu um passo à frente.

A velha intrometeu-se:

– Ela prefere ir sozinha, não prefere, Jinny?

Fez-se uma pausa. Depois de um tempo, Ginevra Boynton disse, com a voz repentinamente monótona:

– Sim. Prefiro ir sozinha. Obrigada, Nadine.

Retirou-se. Sua alta figura esbelta movia-se com uma graça surpreendente.

O dr. Gerard abaixou o jornal e examinou detidamente a sra. Boynton, que estava entretida com a filha, o rosto gordo enrugado pelo sorriso peculiar. Aquele sorriso assemelhava-se ligeiramente ao encantador sorriso que transformara o rosto da menina pouquíssimo tempo antes.

A velha, então, passou a fitar Nadine, que acabara de se sentar. Nadine ergueu os olhos e viu que a sogra a encarava. Manteve-se imperturbável. O olhar da velha era malicioso.

O dr. Gerard pensou: "Que absurdo! Essa velha é uma tirana!".

Nesse momento, de repente, reparou que a velha o observava e conteve a respiração. Olhos pretos pequenos e ardentes aqueles, mas que transmitiam algo, uma força, uma onda de perversidade. O dr. Gerard sabia alguma coisa sobre o poder da personalidade. Percebeu que não era o caso de uma inválida tirana satisfazendo pequenos caprichos. Aquela velha tinha força. Na malignidade de seu olhar, sentiu um efeito parecido ao produzido por uma cobra. A sra. Boynton podia ser velha, fraca, vulnerável a doenças, mas não impotente. Era uma mulher que sabia o significado da palavra poder. Havia exercido uma vida inteira de autoridade e nunca duvidara da própria força. O dr. Gerard conhecera certa vez uma moça que fazia um número espetacular e perigoso com tigres. As grandes feras iam tranquilamente para os seus lugares e executavam tarefas degradantes. Os olhos e os rugidos abafados demonstravam ódio, um ódio fanático, mas os animais obedeciam, com medo. Era uma mulher jovem, de uma beleza sombria e arrogante, mas o olhar era o mesmo.

– *Une dompteuse** – disse o dr. Gerard para si mesmo.

Agora entendia aquele sentimento oculto na conversa da família desprotegida. Era ódio, uma corrente turva e irrefreável de ódio.

Pensou: "A maioria das pessoas me acharia doido! Uma família americana comum se divertindo na Palestina, e eu inventando conspirações!".

Olhou com interesse para a moça tranquila chamada Nadine. Havia uma aliança de casamento em sua mão esquerda. E o rápido olhar que deu ao rapaz loiro desengonçado, Lennox, denunciou-a. Gerard descobriu, então...

Eles eram casados. Mas foi um olhar de mãe, não de mulher; aquele olhar maternal, protetor, cheio de ansiedade. E Gerard descobriu mais. Descobriu que, isolada daquele grupo, Nadine Boynton não era afetada pelo feitiço da sogra. Podia não gostar dela, mas não a temia. O poder da velha não fazia efeito em sua vida.

Nadine estava infeliz, profundamente preocupada com o marido, mas era livre.

O dr. Gerard disse para si mesmo: "Tudo isso é muito interessante".

---

* "Uma domadora", em francês. (N.T.)

Capítulo 5

Interrompendo essas divagações um fato corriqueiro gerou um efeito quase burlesco.

Um homem entrou no salão, avistou a família Boynton e foi falar com eles. Era um americano de meia-idade bastante comum. Vestia-se sobriamente, tinha a barba feita e uma voz lenta, agradável, monótona, de certa forma.

– Estava procurando vocês – disse.

Apertou a mão de todo mundo.

– E como vai, sra. Boynton? Muito cansada pela viagem?

Quase com graça, a velha respondeu, ofegante:

– Um pouco. Minha saúde não é boa, como sabe...

– Ah, claro, uma pena... uma pena.

– Mas não piorei.

A sra. Boynton acrescentou, com sorriso de cobra:

– A Nadine aqui cuida direitinho de mim, não é, Nadine?

– Faço o que posso – sua voz não denotava emoção.

– Ah, aposto que sim – disse o desconhecido entusiasticamente. – E então, Lennox, o que achou da cidade do rei Davi?

– Não sei.

Lennox mostrava-se apático ao falar. Faltava-lhe interesse.

– Achou meio decepcionante? Confesso que eu achei no início. Talvez você não tenha visto muita coisa ainda.

Carol Boynton informou:

– Não podemos fazer muita coisa, por causa da mamãe.

A sra. Boynton explicou:

– Um passeio turístico de algumas horas é tudo o que consigo fazer no dia.

O desconhecido disse, animado:

– É maravilhoso que a senhora consiga fazer tudo o que faz, sra. Boynton.

A sra. Boynton deu uma risada lenta, arquejante, quase maligna.

– Não me rendo ao corpo! É a mente que importa! Sim, é a *mente*...

Sua voz morreu no ar. Gerard viu Raymond Boynton soltar um suspiro nervoso.

– Já foi ao Muro das Lamentações, sr. Cope? – perguntou.

– Ah, sim, foi um dos primeiros lugares que visitei. Devo terminar de conhecer Jerusalém em dois dias. Estou esperando um itinerário da Cook's para percorrer toda a Terra Santa: Belém, Nazaré, Tiberíades, o Mar da Galileia. Deve ser tudo muito interessante. Tem também Gerasa, com ruínas muito interessantes... romanas. E gostaria muito de dar uma passada na cidade rosa de Petra, um fenômeno natural incrível e longe dos lugares mais populares, mas que é preciso quase uma semana para ir, conhecer bem e voltar.

Carol comentou:

– Eu adoraria ir até lá. Deve ser um lugar maravilhoso.

– Ah, devo dizer que vale muito a pena visitar. Sim, vale muito a pena.

O sr. Cope fez uma pausa, olhou desconfiado para a sra. Boynton e depois continuou, com uma voz que para o médico francês que ouvia denotava clara apreensão.

– Estava me perguntando agora se não conseguiria convencer alguns de vocês a vir comigo. Sei muito bem que *a senhora* não poderia, sra. Boynton, e evidentemente alguém da família ficaria com a senhora, mas se vocês se dividissem, por assim dizer...

Fez-se silêncio. Gerard chegou a escutar o som das agulhas de tricô da sra. Boynton. Então ela disse:

– Acho que não gostaríamos de nos dividir. Somos um grupo muito unido – ergueu os olhos. – Então, crianças, o que vocês me dizem?

Havia um tom esquisito em sua voz. As respostas vieram imediatamente. "Não, mãe." "Não." "Não, claro que não."

A sra. Boynton disse, com aquele seu sorriso estranho:

– Está vendo? Eles não me deixarão. E você, Nadine? Você não disse nada.

– Não, obrigada, mãe. A não ser que o Lennox faça questão de ir.

A sra. Boynton virou a cabeça lentamente para o filho.

– Então, Lennox, o que você acha? Por que você e Nadine não vão? Ela quer ir.

Ele assustou-se. Ergueu os olhos.

– Eu... é... não, eu... acho melhor ficarmos todos juntos.

O sr. Cope exclamou alegremente:

– Que família *unida*! – mas algo em sua alegria soou um pouco forçado.

– Somos reservados – comentou a sra. Boynton, começando a enrolar o novelo de lã. – A propósito, Raymond, quem era aquela moça que falou com você?

Raymond assustou-se mais uma vez. Enrubesceu, depois ficou pálido.

– Eu... não sei o nome dela. Ela... ela estava no trem outro dia.

A sra. Boynton esboçou um movimento penoso para levantar-se da cadeira.

– Acho que não temos muito a ver com ela – disse.

Nadine levantou-se e ajudou a velha a desprender-se do assento, com uma destreza profissional que chamou a atenção de Gerard.

– Hora de dormir – anunciou a sra. Boynton. – Boa noite, sr. Cope.

– Boa noite, sra. Boynton. Boa noite, Nadine.

Saíram em pequena procissão. Parecia não ter ocorrido a nenhum dos membros mais novos do grupo a ideia de permanecer onde estavam.

O sr. Cope ficou lá, olhando para a cena, com uma expressão estranha no rosto.

Como o dr. Gerard sabia por experiência, os americanos costumam ser simpáticos. Não têm a desconfiança do turista inglês. Para um homem com a perspicácia do dr. Gerard, não foi difícil estabelecer contato com o sr. Cope. O americano estava sozinho e, como a maioria dos americanos, parecia disposto a conversar. O cartão do dr. Gerard entrou mais uma vez em ação.

Lendo o nome no papel, o sr. Jefferson Cope ficou bastante impressionado.

– Ah, claro, dr. Gerard. O senhor esteve nos Estados Unidos há pouco tempo, não?

– No outono passado. Estava dando aulas em Harvard.

– Claro. O seu nome, dr. Gerard, é um dos mais conhecidos na sua área. Todos o conhecem em Paris.

– Meu caro, isso é muita gentileza de sua parte! Protesto.

– Não, não, é um grande privilégio conhecê-lo. Aliás, várias pessoas importantes estão visitando Jerusalém neste momento. O senhor, lorde Welldon e sir Gabriel Steinbaum, o financista; o grande arqueólogo inglês sir Manders Stone; lady Westholme, figura muito importante na política inglesa; e o famoso detetive belga Hercule Poirot.

– O pequeno Hercule Poirot? Está aqui?

– Li seu nome no jornal local. Chegou há pouco tempo. Parece que o mundo inteiro está hospedado no Hotel Solomon, um hotel muito chique e muito bem decorado.

O sr. Jefferson Cope divertia-se. O dr. Gerard era um homem muito simpático quando queria. Logo, os dois estavam conversando no bar.

Após algumas rodadas de uísque, Gerard perguntou:

– Diga-me, aquela família com a qual o senhor estava falando era uma típica família americana?

Jefferson Cope tomou um gole do uísque, pensativo. Então respondeu:

– Não, não diria que é uma família muito típica.

– Não? Uma família muito unida, pensei.

O sr. Cope disse, lentamente:

– O senhor quer dizer que tudo gira em torno da mãe? Isso é verdade. É uma velha bastante peculiar.

– É mesmo?

O sr. Cope precisava de pouco incentivo. O pequeno convite foi suficiente.

– Não me importo em lhe contar, dr. Gerard, tenho pensado bastante nessa família ultimamente. Eles não saem da minha cabeça. De certa maneira, falar sobre o assunto pode me aliviar, claro, se não for incomodá-lo.

O dr. Gerard disse que não seria nenhum incômodo. O sr. Jefferson Cope, então, continuou lentamente, com expressão de perplexidade.

– Não esconderei que estou um pouco preocupado. A sra. Boynton, sabe, é uma antiga amiga minha, não a mãe, a filha, a mulher de Lennox Boynton.

– Ah, sim, aquela menina encantadora de cabelo preto.

– Isso. Nadine Boynton. Nadine, dr. Gerard, é uma pessoa muito afável. Conheci-a antes do casamento. Ela trabalhava num hospital, como enfermeira. Aí, foi passar as férias com a família Boynton e casou-se com Lennox.

– É mesmo?

O sr. Jefferson Cope tomou outro gole de uísque e continuou:

– Vou lhe contar, dr. Gerard, um pouco da história da família Boynton.

– Que bom. Estou interessado.

– Bem, o finado Elmer Boynton, um homem muito conhecido e sedutor, foi casado duas vezes. Sua primeira esposa faleceu quando Carol e Raymond ainda eram bebês. A segunda, disseram-me, era uma mulher linda quando se casou com ele, embora não fosse tão jovem. Olhando agora, é estranho pensar que ela já tenha sido bonita, mas foi o que eu soube, de fonte muito confiável. De qualquer maneira, seu marido pensava o tempo todo nela e considerava sua opinião em quase todos os assuntos. Viveu inválido por alguns anos antes de morrer, e a sra. Boynton praticamente mandava em casa. Uma mulher muito competente, com tino para os negócios; bastante escrupulosa também. Após o falecimento de Elmer, dedicou-se totalmente aos filhos. Tinha uma filha de um casamento anterior, Ginevra, uma jovem bonita, de cabelos pretos, mas um pouco delicada. Bem, como eu estava falando, a sra. Boynton dedicou-se integralmente à família. Fechou-se completamente para o mundo lá fora. Não sei o que o senhor acha, dr. Gerard, mas isso não me parece uma atitude muito normal.

– Concordo. É prejudicial para a formação da personalidade.

– Sim, é isso mesmo. A sra. Boynton afastou os filhos do convívio com terceiros. Cresceram num mundo à parte. O resultado é que eles se tornaram um tanto nervosos, esquivos. Não conseguem fazer amigos. Uma coisa horrível.

– É.

– Não tenho dúvidas de que a sra. Boynton tinha boas intenções. Só que acabou mimando os filhos.

– Moram todos juntos? – perguntou o médico.

– Moram.

– Nenhum dos filhos trabalha?

– Não. Elmer Boynton era rico. Deixou toda a sua fortuna para a sra. Boynton – dinheiro para a vida toda. Mas com a condição de que sustentasse a família.

– Então eles dependem dela financeiramente?

– Sim. E ela deu força para que eles morassem todos juntos e não trabalhassem. Bem, talvez não haja problema nisso. Dinheiro não falta e eles não precisam trabalhar, mas, a meu ver, o trabalho é uma espécie de tônico para os homens. E tem outra coisa: ninguém ali tem hobbies. Eles não jogam golfe, não são sócios de nenhum clube, não saem para dançar, nem fazem nada com outros jovens. Moram numa grande casa de campo, isolados do mundo. Olhe, dr. Gerard, tudo isso me parece muito errado.

– Concordo – disse o dr. Gerard.

– Ninguém tem o menor senso de convívio social. Espírito de comunidade, é o que falta ali! Uma família muito dedicada, mas fechada em si mesma.

– Ninguém nunca rompeu com isso?

– Não que eu saiba. Aceitam a situação.

– E a quem o senhor atribui a culpa disso: a eles ou à sra. Boynton?

Jefferson Cope inquietou-se.

– Bem, de certo modo, ela é responsável. Criou mal os filhos. Mesmo assim, quando amadurecemos, cabe a nós cortar com as amarras do passado. Não podemos ficar sempre colados à saia da mãe. Devemos escolher a independência.

Dr. Gerard disse, num tom reflexivo:

– Talvez seja impossível.

– Por que impossível?

– Existem métodos, sr. Cope, para impedir o crescimento das árvores.

Cope fitou-o.

– Eles são todos muito saudáveis, dr. Gerard.

– A mente pode atrofiar-se e distorcer-se como o corpo.

Jefferson Cope continuou:

– Não, dr. Gerard, vá por mim, um homem pode e deve controlar o próprio destino. Um homem que se preza corre atrás. Não fica parado, sem fazer nada. Que mulher respeitará um homem assim?

Gerard olhou-o com curiosidade por um tempo. Depois, disse:

– O senhor refere-se particularmente ao sr. Lennox Boynton, não é?

– Isso mesmo. Estava pensando em Lennox. Raymond ainda é um garoto. Mas Lennox acabou de fazer trinta anos. Já é mais do que tempo de se impor.

– Sua mulher deve ter uma vida difícil.

– Claro que sim! Nadine é uma excelente menina. Admiro-a mais do que consigo expressar. Nunca reclama. *Mas não é feliz*, dr. Gerard. É muito infeliz.

– Imagino que sim.

– Não sei o que o senhor acha, dr. Gerard, mas *eu* acho que existe um limite em relação ao que as mulheres devem suportar! Se eu fosse Nadine, esclareceria as coisas com Lennox. Ou ele toma uma atitude, ou...

– Ou ela vai embora.

– Nadine tem uma vida pela frente, dr. Gerard. Se Lennox não a valoriza como ela merece, outros homens a valorizarão.

– O senhor, por exemplo.

O americano corou. Depois olhou para o outro com tranquilidade.

– Isso mesmo – disse. – Não me envergonho do que sinto por essa moça. Respeito-a e sinto-me muito ligado a ela. Tudo o que desejo é sua felicidade. Se ela fosse feliz com Lennox, eu me retiraria de cena.

– Mas como ela não é...

– Como ela não é, estou a postos! Se ela me quiser, *estou aqui*!

– O *parfait* cavalheiro – murmurou Gerard.

– Como?

– Meu caro, o cavalheirismo hoje só existe nos Estados Unidos! Vocês ficam satisfeitos em servir suas damas sem esperar nada em troca! É admirável! O que pretende fazer por ela?

– Minha ideia é estar à disposição para quando ela precisar.

– E qual é a postura da sra. Boynton mãe em relação ao senhor, se me permite perguntar?

Jefferson Cope respondeu lentamente:

– Não sei muito bem. Como lhe disse, a velha não é dada a contatos externos. Mas tem se mostrado diferente em relação a mim, sempre muito educada. Trata-me como se eu fosse da família.

– A propósito, ela aprova sua amizade com a sra. Lennox?

– Aprova.

O dr. Gerard encolheu os ombros.

– Um pouco estranho, não?

Jefferson Cope disse, duramente:

– Posso lhe garantir, dr. Gerard, que não há nada de desonroso nessa amizade. É algo puramente platônico.

– Meu caro senhor, não tenho dúvida disso. Repito, porém, que da parte da sra. Boynton, incentivar essa amizade é uma postura curiosa. Sabe, sr. Cope, a sra. Boynton me interessa... me interessa muito.

– É uma mulher realmente notável, de caráter forte... tem muita personalidade. Como dizia, Elmer Boynton confiava totalmente em sua opinião.

– Tanto que deixou os filhos à sua mercê do ponto de vista financeiro. No meu país, sr. Cope, isso não é permitido por lei.

O sr. Cope levantou-se:

– Nos Estados Unidos – disse –, somos adeptos da liberdade absoluta.

O dr. Gerard ficou de pé também. Não se impressionou com o comentário. Já tinha ouvido o mesmo de pessoas de diferentes nacionalidades. A ilusão de que a liberdade é prerrogativa de uma raça específica é bastante difundida.

O dr. Gerard não acreditava nisso, pois sabia que nenhuma raça, país ou indivíduo poderia considerar-se livre. Mas sabia também que havia diferentes níveis de escravidão.

Foi dormir pensativo e animado.

Capítulo 6

Sarah King estava no pátio do Templo – o *Haram esh-Sharif* –, de costas para a Cúpula da Rocha. Ouvia o som das águas que vinha das fontes. Pequenos grupos de turistas passavam sem perturbar a paz da atmosfera oriental.

Estranho, pensou Sarah, que os jebuseus tivessem feito daquele cume rochoso uma eira, e que o rei Davi a tivesse comprado por seiscentas moedas de ouro, convertendo-a num local sagrado, onde agora se ouviam as conversas em voz alta de turistas de todas as partes do mundo.

Sarah virou-se, olhou para a mesquita que agora cobria o santuário e ficou imaginando se o templo de Salomão teria a metade daquela beleza.

Houve uma confusão de passos, e um pequeno grupo saiu do interior da mesquita. Era a família Boynton, escoltada por um guia turístico loquaz. A sra. Boynton caminhava com a ajuda de Lennox e Raymond. Nadine e o sr. Cope vinham atrás. Carol era a última. Avistou Sarah.

Hesitou, mas então, numa decisão repentina, virou-se e atravessou correndo o pátio, sem fazer barulho.

– Com licença – disse, ofegante. – Preciso... Senti que devia falar com você.

– Pois não – disse Sarah.

Carol tremia toda, o rosto pálido.

– É sobre... o meu irmão. Quando você... falou com ele ontem à noite, deve tê-lo achado muito rude. Mas ele não queria ser rude... ele não teve escolha. Por favor, acredite em mim.

Sarah sentiu que a cena toda era ridícula; feria seu orgulho e seu bom gosto. Por que uma desconhecida deveria sair correndo de repente para desculpar-se daquele jeito pela grosseria do irmão?

Ia responder, mas resolveu calar-se.

Havia algo fora do comum ali. A jovem estava falando sério. Aquilo que a fizera escolher medicina como profissão veio à tona frente à necessidade da jovem. Seu instinto lhe dizia que havia algo de muito errado.

Pediu, de forma alentadora:

– Conte-me.

– Ele falou com você no trem, não falou? – começou Carol.

Sarah confirmou com a cabeça.

– Sim. Pelo menos, eu falei com ele.

– Ah, claro. Foi isso. Mas, sabe, ontem à noite, Ray estava com medo...

Parou.

– Com medo?

O rosto pálido de Carol ficou vermelho.

– Sei que parece absurdo... loucura. Minha mãe... ela... não está bem... não gosta que façamos amizades. Mas... mas sei que Ray... gostaria de ser seu amigo.

Sarah interessou-se. Antes de conseguir falar, Carol continuou:

– Eu... sei que o que estou dizendo parece besteira, mas somos... uma família meio estranha – deu uma olhada em volta. Era um olhar de medo.

– Eu... não posso ficar – disse em voz baixa. – Devem estar sentindo a minha falta.

Sarah, para convencê-la, falou:

– Por que você não pode ficar, se é o que deseja? Podemos voltar juntas.

– Não, de jeito nenhum. – Carol recuou. – Eu... não posso.

– Por que não? – quis saber Sarah.

– Não posso mesmo. Minha mãe ficaria... ficaria...

Sarah disse com clareza e tranquilidade:

– Sei que às vezes é muito difícil os pais perceberem que os filhos já cresceram. Continuam tentando controlar a vida deles. Mas é uma pena ceder! Precisamos lutar pelos nossos direitos.

Carol murmurou:

– Você não entende... você não entende...

Agitava as mãos, nervosa.

Sarah continuou:

– Às vezes cedemos porque não queremos brigar. Não é bom brigar, mas acho que sempre vale a pena lutar pela nossa liberdade.

– Liberdade? – Carol fitou-a. – Nunca fomos livres. Nunca seremos.

– Nada disso! – exclamou Sarah.

Carol curvou-se para a frente e tocou no braço de Sarah.

– Escute. *Preciso* fazê-la entender! Antes do casamento, minha mãe – minha madrasta, na verdade – era carcereira numa prisão. Meu pai era o governador na época e casou-se com ela. Bem, *tem sido assim desde então.* Ela continuou sendo carcereira... *de nós.* Por isso nossa vida é como uma prisão!

Olhou para trás de novo.

– Devem estar sentindo a minha falta. Preciso ir.

Sarah agarrou-a pelo braço quando ela saía.

– Um minuto. Precisamos nos encontrar de novo para conversar.

– Não posso. Não conseguirei.

– Conseguirá sim – disse com autoridade. – Venha ao meu quarto quando for dormir. Quarto 319. Não se esqueça, 319.

Soltou-a. Carol saiu correndo em direção à família.

Sarah ficou ali, observando. Voltou dos seus pensamentos com o dr. Gerard do seu lado.

– Bom dia, srta. King. Estava conversando com a srta. Carol Boynton?

– Sim. Tivemos uma conversa inacreditável. Vou lhe contar.

Resumiu a história. Gerard focou em um ponto.

– Carcereira na prisão, aquela velha baleia? Interessante.

Sarah perguntou:

– O senhor está querendo dizer que essa é a causa de sua tirania? Porque é algo comum nessa profissão.

Gerard balançou a cabeça em sinal negativo.

– Não, não estou vendo por esse ângulo. Existe algum tipo de compulsão profunda por trás disso. Ela não é tirana *porque foi carcereira.* Digamos que ela *decidiu ser carcereira porque era tirana.* Na minha teoria, foi um desejo secreto de dominar outros seres humanos que a levou a essa profissão.

Estava sério.

– Existem coisas estranhas como essa no inconsciente. Desejo de poder, desejo de crueldade, um desejo descontrolado de estragar: tudo herança de nossa memória coletiva do passado. Está tudo lá, srta. King, toda a crueldade, selvageria e desejo. Procuramos negá-los e impedir que se manifestem na nossa vida consciente, mas às vezes é algo mais forte do que nós.

Sarah estremeceu.

– Eu sei.

Gerard continuou:

– Vemos isso o tempo todo à nossa volta. Em credos políticos, na conduta das nações. Uma reação de humanitarismo, de pena, de boa vontade entre os homens. Os credos políticos parecem benéficos às vezes... um regime inteligente, um governo beneficente... mas são impostos à *força*... baseando-se na crueldade e no medo. Estão abrindo a porta, esses apóstolos da violência, deixando a velha selvageria, o velho prazer da crueldade *à solta*! É difícil... o homem é um animal de um equilíbrio muito delicado. Tem uma única necessidade básica: sobreviver. Avançar rápido demais é tão fatal quanto ficar para trás. Precisa sobreviver! Deve, talvez, preservar parte da antiga brutalidade, mas não pode, de jeito nenhum, *endeusá-la*!

Fez-se silêncio. Então Sarah perguntou:

– O senhor acha que a sra. Boynton é uma espécie de sádica?

– Tenho quase certeza. Acho que sente prazer em infligir dor... dor mental, veja bem, não física, algo muito mais difícil de administrar. Ela gosta de ter controle sobre outros seres humanos e gosta de fazê-los sofrer.

– Que horror! – exclamou Sarah.

Gerard contou-lhe da conversa que tivera com Jefferson Cope.

– Ele não percebe o que está acontecendo? – indagou ela.

– Como poderia? Ele não é psicólogo.

– É verdade. Não tem nossa mente repugnante!

– Exato. Tem uma mentalidade americana, correta, sentimental. Acredita no bem sobre o mal. Vê que está tudo errado na família Boynton, mas atribui a culpa ao excesso de zelo da sra. Boynton, não a uma maldade consciente.

– Isso deve diverti-la – disse Sarah.

– Imagino que sim!

Sarah perguntou impaciente:

– Mas por que eles não rompem com isso? É possível.

Gerard discordou com a cabeça.

– Aí que você se engana. *Não é possível.* Já viu aquela experiência que fazem com galos? Traçam um risco de giz em volta do bicho, e ele não consegue sair dali. Acha que está preso. O mesmo acontece com esses infelizes. A velha manipulou-os desde pequenos, num nível mental. Hipnotizou-os, para que eles pensassem que *não podem desobedecê-la.* Sei que a maioria das pessoas diria que isso é absurdo, mas você e eu sabemos da verdade. Ela fez os filhos acreditarem que são dependentes dela. Eles estão há tanto tempo na prisão que se a porta da cela se abrisse, eles já não perceberiam! Um deles, pelo menos, nem quer mais ser livre! E todos teriam *medo* da liberdade.

Sarah perguntou, de um ponto de vista prático:

– O que acontecerá quando ela morrer?

Gerard encolheu os ombros.

– Depende. Se ela morrer *agora*, talvez não seja tarde demais. O menino e a menina... ainda são jovens... influenciáveis. Poderiam tornar-se, creio, seres humanos normais. Lennox, provavelmente, já está perdido. Um homem sem esperança... vive como um animal.

Sarah disse, sem paciência:

– Sua mulher deveria ter feito alguma coisa! Deveria ter tirado o marido disso tudo.

– Ela deve ter tentado... e fracassado.

– O senhor acha que ela também está sob o encanto da velha?

Gerard balançou a cabeça.

– Não. Não acho que a velha tenha poder sobre ela, e por isso a odeia mais. Repare em seu olhar.

Sarah franziu a testa.

– Não consigo entendê-la... a mais jovem, digo. Ela sabe o que está acontecendo?

– Deve ter uma boa ideia.

– Hmm – fez Sarah. – Aquela velha deveria ser assassinada. Eu lhe receitaria arsênico no chá da manhã.

Depois, perguntou abruptamente:

– E a caçula, a garota ruiva, com aquele sorriso inexpressivo tão fascinante?

Gerard franziu o cenho.

– Não sei. Existe alguma coisa estranha. Ginevra Boynton é filha de sangue da velha.

– Sim. Com ela deve ser diferente, não?

Gerard disse pausadamente:

– Acho que a mania de controle (e o desejo de crueldade), quando se apodera do ser humano, não poupa *ninguém*... nem mesmo os mais próximos.

Ficou em silêncio por um tempo e depois perguntou:

– A senhorita é cristã, mademoiselle?

Sarah respondeu, devagar:

– Não sei. Costumava dizer que não era nada. Mas agora... não sei direito. Sinto... sinto que se pudesse apagar tudo isso... – fez um gesto violento –, todos os edifícios, seitas e igrejas fanáticas... então... então poderia ver Jesus Cristo passeando por Jerusalém num burrinho... e acreditaria Nele.

O dr. Gerard disse com gravidade:

– Acredito em, pelo menos, um dos principais dogmas do cristianismo: *contentar-se com um lugar modesto.* Sou médico e sei que a ambição... o desejo de prosperar... de ter poder... é responsável pela maior parte das enfermidades da alma humana. O desejo realizado conduz à arrogância, à violência e à saciedade... mas o desejo não realizado... ah, o desejo não realizado... vá a um hospício para ver o que dizem! Os manicômios estão cheios de seres humanos incapazes de enfrentar a mediocridade, a insignificância, a ineficiência e que, portanto, criaram para si formas de escapar da realidade, isolando-se da própria vida para sempre.

Sarah disse, de repente:

– Pena que a velha Boynton não esteja num sanatório desses.

Gerard discordou.

– Não... seu lugar não é lá, entre os fracassados. É pior. Ela venceu na vida! Realizou seu sonho.

Sarah sentiu um calafrio.

Lamentou, com veemência:

– Esse tipo de coisa não poderia acontecer!

Capítulo 7

Sarah ficou se perguntando se Carol Boynton compareceria ao encontro daquela noite.

De modo geral, duvidava. Temia que Carol tivesse reagido mal após as pequenas confidências da manhã.

Mesmo assim, preparou tudo. Vestiu às pressas um roupão de seda azul, tirou a espiriteira do armário e colocou água para ferver.

Estava a ponto de desistir (já passava da uma da manhã) e ir para a cama quando ouviu alguém bater na porta. Abriu-a e recuou rapidamente, deixando Carol entrar.

Esta disse, arfante:

– Fiquei com medo de que já estivesse dormindo...

– Não, estava esperando por você. Fiz chá, quer? Um autêntico Lapsang Souchong.

Trouxe uma xícara. Carol chegara nervosa e inquieta. Aceitou o chá com bolachas. Foi acalmando-se.

– Engraçado isso – comentou Sarah, sorrindo.

Carol parecia levemente surpresa.

– É – concordou, sem saber direito por quê. – Imagino que sim.

– Como as festas que fazíamos na escola – continuou Sarah. – Vocês não frequentaram a escola, não é?

Carol negou com a cabeça.

– Não, nunca saímos de casa. Tivemos uma governanta... diferentes governantas. Não ficavam muito tempo.

– Vocês nunca saíram de lá?

– Não. Moramos sempre na mesma casa. Esta viagem que estamos fazendo é a primeira vez que saímos. Nunca estive fora.

Sarah disse, como quem não quer nada:

– Deve estar sendo uma grande aventura.

– É verdade. Tem sido como um sonho.

– O que levou sua madrasta a resolver viajar para o exterior?

Ao ouvir o nome da sra. Boynton, Carol hesitou. Sarah emendou:

– Estou estudando para ser médica. Acabei de me graduar como bacharel. Sua mãe... aliás, madrasta... me interessa bastante. Como estudo, sabe? Diria que ela é um excelente caso patológico.

Carol fitou-a. Era um ponto de vista muito peculiar aquele. Sarah falava com intenção deliberada. Percebera que a sra. Boynton representava para a família uma espécie de ídolo obsceno com muito poder. Queria desfazer essa espécie de feitiço.

– Sim – disse. – Existe um tipo de doença... uma mania de grandeza... que se apodera das pessoas. Elas se tornam autocráticas e insistem para que tudo seja feito exatamente do seu jeito. Difícil lidar com essa doença.

Carol largou a xícara de chá.

– Ah – exclamou –, estou tão feliz de conversar com você. De verdade. Sabe, acho que Ray e eu estamos ficando um pouco... um pouco estranhos. Exaltados.

– Falar com alguém de fora é sempre bom – disse Sarah. – Dentro da família, tendemos a exagerar tudo.

Então perguntou, de modo casual:

– Se vocês são infelizes, nunca pensaram em sair de casa?

Carol alarmou-se.

– Não! Como poderíamos? Quer dizer, mamãe nunca deixaria.

– Mas ela não pode impedi-los – lembrou Sarah, com delicadeza. – Vocês são maiores de idade.

– Tenho 23 anos.

– Então.

– Mesmo assim, não vejo como... quer dizer, não saberia para onde ir e o que fazer.

Falava com perplexidade.

– Não temos dinheiro, por exemplo – disse.

– Vocês não têm amigos que poderiam recebê-los?

– Amigos? – Carol balançou a cabeça. – Não conhecemos ninguém!

– Vocês nunca pensaram em sair de casa?

– Não. Não teríamos como.

Sarah mudou de assunto. Ficou com pena do atordoamento da jovem. Perguntou:

– Vocês gostam da madrasta de vocês?

Carol balançou a cabeça, lentamente. Sussurrou com voz assustada:

– Odeio-a. Ray também... Muitas vezes, desejamos que ela morresse.

Sarah mudou de assunto mais uma vez.

– Fale-me de seu irmão mais velho.

– Lennox? Não sei qual o problema dele. Quase não fala mais. Entrou numa espécie de devaneio. Nadine está preocupadíssima.

– Você gosta da sua cunhada?

– Sim, Nadine é diferente, sempre carinhosa. Mas é infeliz.

– Por causa de seu irmão?

– Sim.

– Estão casados há muito tempo?

– Há quatro anos.

– E sempre moraram com vocês?

– Sim.

Sarah perguntou:

– Sua cunhada gosta disso?

– Não.

Fez-se uma pausa. Então Carol contou:

– Houve uma enorme confusão uns quatro anos atrás. Como lhe disse, nunca saíamos de casa. Quer dizer, íamos ao jardim, mas não passávamos de lá. Só o Lennox. Ele saiu uma noite. Foi a Fountain Springs... havia uma espécie de festa. Mamãe ficou furiosa quando descobriu. Foi horrível. Depois disso, pediu para Nadine morar conosco. Nadine era uma prima distante de meu pai; uma pessoa muito pobre. Estava em treinamento para ser enfermeira. Veio e ficou um mês. Nossa, você não imagina como foi bom ter alguém de fora morando lá! Ela e Lennox acabaram se apaixonando. Minha mãe falou que era melhor que eles se casassem logo. E eles morariam conosco.

– E Nadine concordou?

Carol hesitou.

– Acho que ela não queria muito, mas também não se *importava* realmente. Mais tarde, quis ir embora... com Lennox, claro...

– Mas não foram – antecipou Sarah.

– Não. Mamãe nem quis ouvir falar disso.

Carol fez uma pausa e depois continuou:

– Não acho que ela ainda goste de Nadine. Nadine é... engraçada. Nunca se sabe o que ela está pensando. Tenta ajudar Jinny, mas mamãe não gosta.

– Jinny é sua irmã mais nova?

– Sim. O nome dela é Ginevra, na verdade.

– Ela também é infeliz?

Carol acenou que não sabia com a cabeça.

– Jinny tem estado muito estranha ultimamente. Não consigo entendê-la. Sempre foi muito frágil...

Mamãe exagera com ela e piora tudo. Jinny tem estado esquisita mesmo. Chega a me assustar às vezes. Não sabe o que está fazendo.

– Já foi ao médico?

– Não. Nadine também queria que ela fosse, mas mamãe proibiu... e Jinny ficou histérica, berrando que não iria ao médico. Mas estou preocupada com ela.

Carol levantou-se de repente.

– Não vou mais prendê-la. Foi muito gentil da sua parte conversar comigo. Você deve achar nossa família muito estranha.

– Ah, todo mundo é estranho, na verdade – disse Sarah, com leveza. – Venha de novo. E traga seu irmão, se quiser.

– Sério?

– Claro. Podemos fazer uma reunião secreta. Quero lhe apresentar um amigo meu, o dr. Gerard, um francês muito simpático.

As bochechas de Carol ficaram rosadas.

– Que divertido! Mamãe não pode saber.

Sarah segurou o que ia dizer e acabou perguntando:

– Como ela saberia? Boa noite. Encontramo-nos amanhã no mesmo horário?

– Sim, sim. Depois de amanhã vamos embora.

– Então vamos marcar definitivamente amanhã. Boa noite.

Carol saiu do quarto e atravessou o corredor sem fazer barulho. Seu quarto ficava no andar de cima. Ao chegar, abriu a porta... e parou estarrecida na entrada: a sra. Boynton estava sentada na poltrona perto da lareira, com um roupão de lã carmesim.

Uma pequena exclamação escapou da boca de Carol:

– Oh!

– Onde você andava, Carol?

– Eu... eu...

– Onde você estava?

Era aquela voz áspera, intimidante, que sempre fez o coração de Carol bater aterrorizado.

– Fui ver a srta. King... Sarah King.

– A moça que falou com o Raymond outro dia?

– Sim, mãe.

– Vocês combinaram de se encontrar de novo?

Carol moveu os lábios, mas não falou nada. Assentiu com a cabeça.

Terror. Grandes ondas de terror...

– Quando?

– Amanhã à noite.

– Você não vai. Entendeu?

– Sim, mãe.

– Promete?

– Sim... prometo.

A sra. Boynton esforçou-se para levantar. Carol foi ajudá-la, de forma mecânica. A velha cruzou lentamente o quarto, apoiando-se numa bengala. Parou na porta e virou-se para olhar a menina assustada.

– Não quero mais ver você conversando com essa srta. King, ouviu bem?

– Sim, mãe.

– Repita.

– Não posso mais conversar com a srta. King.

– Ótimo.

A sra. Boynton saiu e fechou a porta.

Carol andou pelo quarto, tensa. Sentia-se mal. Tinha o corpo inteiro rígido. Caiu na cama e começou a chorar convulsivamente.

Era como se tivesse avistado uma paisagem, uma paisagem de sol, árvores e flores...

E agora, as paredes escuras do quarto fechavam-se sobre ela uma vez mais.

Capítulo 8

– Posso falar com você um minuto?

Nadine Boynton virou-se surpresa, mirando o rosto ansioso de uma jovem totalmente desconhecida.

– Claro.

Ao responder, lançou um rápido olhar por cima do ombro, de maneira automática.

– Meu nome é Sarah King – apresentou-se.

– Ah, sim?

– Sra. Boynton, vou lhe contar uma coisa estranha. Conversei um bom tempo com sua cunhada outra noite.

Uma leve sombra perturbou a serenidade do rosto de Nadine Boynton.

– Você conversou com Ginevra?

– Não... com Carol.

A sombra desapareceu.

– Sei... Carol.

Nadine Boynton parecia satisfeita, mas bastante perplexa.

– Como conseguiu?

Sarah explicou:

– Ela veio ao meu quarto... tarde da noite.

Reparou no leve movimento das sobrancelhas pintadas sobre a testa alva. Disse com certo constrangimento:

– Estou certa de que deve lhe parecer muito estranho.

– Não – tranquilizou Nadine Boynton. – Estou muito satisfeita. Muito mesmo. É bom para Carol ter uma amiga com quem conversar.

– Nós... nos demos muito bem. – Sarah escolhia as palavras com cuidado. – Aliás, combinamos... de nos encontrar de novo na noite seguinte.

– Sim.

– Mas ela não veio.

– Não?

A voz de Nadine era tranquila, reflexiva. O rosto, calmo e suave, não dizia nada a Sarah.

– Não. Ontem, falei com ela no corredor, mas ela não me respondeu. Só me olhou e saiu correndo.

– Sei.

Houve uma pausa. Sarah achou difícil continuar. Nadine Boynton disse, em seguida:

– Sinto muito. Carol... é uma menina meio nervosa.

De novo aquela pausa. Sarah encheu-se de coragem.

– Sabe, sra. Boynton, estou me preparando para ser médica. Acho... acho que seria bom para a sua cunhada... não se isolar tanto das pessoas.

Nadine Boynton olhou para Sarah, pensativa. Disse:

– Entendi. Você é médica. Isso faz diferença.

– Entende o que eu digo? – Sarah insistiu.

Nadine baixou a cabeça. Ainda estava pensativa.

– Você tem razão, claro – disse depois de um tempo. – Mas não é tão fácil. Minha sogra está doente e sofre do que eu chamaria de aversão mórbida a pessoas de fora do círculo familiar.

Sarah lembrou, revoltada:

– Mas Carol já é adulta.

Nadine Boynton discordou com a cabeça.

– Não – afirmou. – Fisicamente sim, mas de cabeça não. Você já conversou com ela, deve ter percebido.

Numa emergência, se comporta sempre como uma criança assustada.

– Acha que foi isso o que aconteceu? Que ela ficou com medo?

– Tudo me leva a crer, srta. King, que minha sogra proibiu Carol de falar com você.

– E Carol obedeceu?

Nadine Boynton perguntou, sem se alterar:

– Dá para imaginar ela fazendo outra coisa?

As duas mulheres se olharam. Sarah sentia que por trás da máscara das palavras convencionais, elas se entendiam. Nadine compreendia a questão. Mas não estava preparada para contestá-la.

Sarah desanimou. Na outra noite, parecia que já havia vencido metade da batalha. Por meio de reuniões secretas, insuflaria o espírito de revolta em Carol... e em Raymond também. (Falando a verdade, não era em Raymond que pensara desde o início?) E agora, no primeiro round da luta, havia sido derrotada afrontosamente por aquela carapaça de carne disforme com olhos malignos. Carol rendera-se sem maior resistência.

– Está tudo *errado*! – exclamou Sarah.

Nadine não respondeu. Seu silêncio foi como uma mão fria no coração de Sarah, que pensou: "Essa mulher sabe melhor do que eu que nada mudará a situação. Ela a está *vivendo*!".

A porta do elevador se abriu, e de lá saiu a sra. Boynton, apoiada numa bengala de um lado e em Raymond de outro.

Sarah levou um pequeno susto. Viu os olhos da velha olhando para ela, para Nadine e depois para ela de novo. Estava preparada para ver desprezo naquele olhar, até mesmo ódio. Não estava preparada para o que viu: um prazer triunfante e malicioso. Sarah afastou-se. Nadine foi em direção aos dois.

– Aí está você, Nadine – disse a sra. Boynton. – Vou descansar um pouco antes de sair.

Ajudaram-na a sentar-se numa poltrona. Nadine sentou-se ao seu lado.

– Com quem você estava falando, Nadine?

– Com a srta. King.

– Sei. A garota que conversou com Raymond outro dia. Ray, por que você não vai lá falar com ela agora? Ela está ali na mesa.

A boca da velha abriu-se num sorriso malicioso ao olhar para Raymond. Ele ficou vermelho. Virou a cabeça e balbuciou alguma coisa.

– O que você disse, filho?

– Não quero falar com ela.

– Imaginei. Não falará. Eu não deixaria, por mais que você quisesse!

Tossiu de repente. Era uma tosse asmática.

– Estou gostando desta viagem, Nadine – comentou. – Não teria perdido essa oportunidade por nada neste mundo.

– É mesmo?

A voz de Nadine soava vazia.

– Ray.

– Sim, mãe.

– Traga-me um pedaço de papel, daquela mesa ali no canto.

Raymond obedeceu. Nadine levantou a cabeça, para observar a velha, não o rapaz. A sra. Boynton estava inclinada para a frente, as narinas dilatadas de satisfação. Ray passou perto de Sarah. Ela olhou para cima, com súbita esperança no rosto, que logo se desvaneceu, porque o rapaz atravessou a sala, pegou o bloco de papel e voltou direto para onde estava antes.

Viam-se algumas gotas de suor em sua testa, e seu rosto estava pálido.

Muito suavemente, a sra. Boynton sussurrou, ao ver sua cara:

– Ah...

Então, viu os olhos de Nadine fixos nela, e os seus brilharam, subitamente furiosos.

– Onde está o sr. Cope esta manhã? – perguntou.

Nadine baixou o olhar de novo. Respondeu com sua voz suave, vazia:

– Não sei. Não o vi.

– Gosto dele – disse a sra. Boynton. – Gosto muito dele. Vamos vê-lo bastante. Que bom, não?

– Sim – respondeu Nadine. – Também gosto muito dele.

– O que está acontecendo com Lennox? Ele anda tão quieto nos últimos tempos. Não há nada de errado entre vocês, não é?

– Não! Por que haveria?

– Fiquei pensando. As pessoas nem sempre se dão bem quando se casam. Talvez você fosse mais feliz morando sozinha, não?

Nadine não respondeu.

– Bem, o que você me diz? Gosta da ideia?

Nadine balançou a cabeça. Disse, sorrindo:

– Acho que *a senhora* não gostaria, mãe.

A sra. Boynton pestanejou e disse, com maldade:

– Você sempre esteve contra mim, Nadine.

A jovem retrucou, sem se alterar:

– É uma pena que a senhora ache isso.

A velha fechou a mão sobre a bengala. Seu rosto parecia ter adquirido uma tonalidade mais púrpura.

Disse, mudando de tom:

– Esqueci meu remédio. Pode pegar para mim, Nadine?

– Claro.

Nadine levantou-se e atravessou a sala em direção ao elevador, sob o olhar da sra. Boynton. Raymond estava largado na cadeira, com os olhos perdidos no vazio.

Nadine subiu, cruzou o corredor e entrou na suíte da família. Lennox estava sentado perto da janela, com um livro na mão, mas sem ler. Levantou-se quando Nadine chegou.

– Oi, Nadine.

– Vim pegar o remédio da mamãe. Ela esqueceu.

Foi até o quarto da sra. Boynton. De uma garrafa em cima da pia, passou cuidadosamente uma dose para um pequeno frasco, enchendo-o com água. Ao passar de volta pela sala, ela parou.

– Lennox.

Lennox demorou para responder, como se a mensagem tivesse um longo caminho a percorrer.

– Perdão, o que disse?

Nadine Boynton largou o vidro de remédio na mesa. Foi até o marido.

– Lennox, olhe o sol... lá fora. Veja como a vida é bonita. Poderíamos estar lá, vivendo... em vez de aqui dentro, olhando pela janela.

Mais uma pausa. Então Lennox disse:

– Desculpe-me. Você quer sair?

Nadine respondeu de pronto:

– Sim, quero sair... *com você*... pegar um sol... sair para a vida... e viver... do seu lado.

Lennox encolheu-se na cadeira. Seus olhos agitavam-se, amedrontados.

– Nadine, minha querida... vamos começar com essa história de novo?

– Sim, Lennox, precisamos. Vamos embora daqui, levar nossa vida juntos em algum lugar.

– Como faremos? Não temos dinheiro.

– Podemos ganhar.

– Como? O que podemos fazer? Não sou formado. Milhares de homens... qualificados... treinados... estão sem emprego. Não conseguiríamos.

– Eu poderia ganhar dinheiro por nós dois.

– Meu anjo, você nem terminou os estudos. Não dá... é impossível.

– O que não dá é para continuar assim.

– Você não sabe o que está dizendo. A mamãe é muito boa para nós. Não nos falta nada.

– Só liberdade. Lennox, faça um esforço. Venha comigo, agora... hoje...

– Nadine, você é louca.

– Não sou não. Sou bastante sã. Absolutamente sã. Quero ter minha própria vida, do seu lado, no sol... não reprimida à sombra de uma velha tirana que tem prazer em nos ver infelizes.

– A mamãe pode ser um pouco autoritária...

– Sua mãe é doida... é completamente louca!

Lennox contestou, tranquilo:

– Isso não é verdade. Ela tem uma ótima cabeça para os negócios.

– Talvez.

– E você deve lembrar, Nadine, que ela não viverá para sempre. Já está caducando, e sua saúde vai de mal a pior. Quando morrer, o dinheiro do meu pai será dividido igualmente entre nós. Lembra? Ela leu o testamento.

– Quando ela morrer – disse Nadine –, pode ser tarde demais.

– Tarde demais?

– Para ser feliz.

Lennox murmurou:

– Tarde demais para ser feliz.

Estremeceu de repente. Nadine aproximou-se. Colocou a mão em seu ombro.

– Lennox, amo você. É uma batalha entre mim e sua mãe. Você está do lado dela ou do meu?

– Do seu, claro!

– Então faça o que eu lhe peço.

– Impossível!

– Não é impossível, não. Pense, Lennox, poderíamos ter filhos...

– A mamãe quer que tenhamos filhos. Ela disse.

– Eu sei, mas não trarei filhos ao mundo para viver nessa escuridão em que vocês todos foram criados. Sua mãe pode influenciar você, mas não a mim.

Lennox disse em voz baixa:

– Você a provoca às vezes, Nadine; isso não é bom.

– Ela só se irrita porque sabe que não pode me influenciar ou manipular meus pensamentos!

– Vejo que você é sempre gentil e educada com ela. Você é maravilhosa. Você é boa demais para mim. Sempre foi. Quando disse que se casaria comigo, parecia um sonho.

Nadine disse com toda a calma:

– Fiz mal em me casar com você.

Lennox concordou, irremediavelmente:

– Sim.

– Você não entende. O que estou querendo dizer é que se eu tivesse ido embora naquela época e pedido para você vir comigo, você teria vindo. Tenho certeza disso... Na época, não fui sagaz o suficiente para entender sua mãe e o que ela queria.

Fez uma pausa e então disse:

– Você se recusa a vir comigo? Bem, não posso obrigá-lo. Mas *eu* sou livre! Eu *vou*...

Lennox fitou-a incrédulo. Pela primeira vez na vida, respondeu sem pestanejar, como se finalmente o fluxo demorado de seus pensamentos tivesse acelerado. Disse, gaguejando:

– Mas... mas... você não pode fazer isso. A mamãe... a mamãe não deixaria.

– Ela não pode me impedir.

– Você não tem dinheiro.

– Posso ganhar, pegar emprestado, pedir ou roubar. Entenda, Lennox, sua mãe não tem poder sobre mim! Posso ir ou ficar quando quiser. Estou começando a sentir que aturei esta vida tempo demais.

– Nadine... não me deixe... não me abandone...

Ela olhou para ele pensativa, tranquila, com uma expressão inescrutável.

– Não me deixe, Nadine.

Parecia uma criança. Nadine virou a cabeça para que ele não visse a dor repentina em seus olhos.

Ajoelhou-se ao seu lado.

– *Então venha comigo.* Venha comigo! Você pode. É só querer!

Lennox afastou-se dela.

– Não dá. Não dá, eu juro. Não tenho... Deus me ajude... *não tenho coragem...*

Capítulo 9

O dr. Gerard entrou no escritório da Messrs Castle, a agência de viagens, e encontrou Sarah King no balcão.

Ela ergueu os olhos.

– Bom dia. Estou organizando minha viagem para Petra. Acabei de saber que o senhor vai também, no fim das contas.

– Sim, poderei ir.

– Que bom.

– Seremos um grupo grande, não?

– Apenas duas outras senhoras... e nós dois. Um carro.

– Será um prazer – disse Gerard, com uma pequena mesura. E foi cuidar de seus assuntos.

Logo em seguida, com a correspondência na mão, juntou-se a Sarah do lado de fora da agência. Era um dia bonito de sol, o ar ligeiramente frio.

– Alguma notícia dos nossos amigos, os Boynton? – perguntou o médico. – Fui a Belém, a Nazaré e a outros lugares... uma excursão de três dias.

De modo lento e meio relutante, Sarah narrou seus inúteis esforços para estabelecer contato.

– De qualquer forma, fracassei – concluiu. – E eles estão indo embora hoje.

– Para onde?

– Não tenho a mínima ideia.

Continuou, um pouco irritada:

– Sinto que fiz papel de tola!

– Em que sentido?

– Ao me meter na vida de outras pessoas.

Gerard deu de ombros.

– Depende de como você vê as coisas.

– Em relação a se devemos nos meter ou não?

– Sim.

– O senhor se mete?

O francês parecia divertir-se com aquilo.

– Você está me perguntando se eu costumo me meter na vida dos outros? Para ser franco não.

– Então acha errado o que eu fiz?

– Não, não me interprete mal. – Gerard falava de maneira rápida e entusiasmada. – É uma questão discutível. Se vemos alguém fazendo alguma coisa errada, devemos tentar corrigir? Nossa interferência pode ser benéfica... mas também pode causar um dano incalculável! Não há regra. Algumas pessoas têm jeito para a coisa... sabem interferir. Outras não, e portanto não devem se aventurar. Há também a questão da *idade*. Os jovens possuem a coragem de seus ideais e convicções... seus valores são mais teóricos do que práticos. Não sabem, ainda, que os fatos contradizem a teoria! Se você acredita em si mesma e acha que está fazendo a coisa certa, terá grandes realizações! E, incidentalmente, causará muitos danos também. Por outro lado, uma pessoa de meia-idade tem experiência... já descobriu que o mal, assim como o bem, ou talvez até mais, resulta da tentativa de interferir, e então, de maneira muito inteligente, ela recua! Ou seja, o resultado é equilibrado: os jovens inexperientes fazem tanto o bem quanto o mal, e as pessoas prudentes de meia-idade não fazem nem uma coisa nem outra!

– Isso não ajuda em nada – objetou Sarah.

– Será que alguém é capaz de ajudar o outro? O problema é *seu*, não meu.

– Quer dizer que *o senhor* não fará nada a respeito da família Boynton?

– Não. Para mim, não teria como dar certo.

– O mesmo vale para mim, então.

– Não. No seu caso poderia dar certo.

– Por quê?

– Porque você tem qualificações especiais. O atrativo da juventude e do sexo.

– Sexo? Entendo.

– Tudo sempre volta à questão do sexo, não é? Você fracassou com a jovem. Isso não significa que fracassaria com o irmão. O que você acabou de me contar (o que Carol lhe contou) evidencia a única ameaça à autocracia da sra. Boynton. O filho mais velho, Lennox, desafiou a mãe com a força de sua virilidade juvenil. Saiu de casa e foi a um baile. O desejo de homem pela companhia de uma mulher foi mais forte do que o feitiço hipnótico. Mas a velha estava ciente do poder do sexo. (Deve ter visto muitos exemplos durante a sua carreira.) Lidou com isso de maneira muito inteligente: trouxe uma menina muito bonita, mas sem nenhum centavo no bolso, para casa... armou um casamento. Assim, conseguiu mais um escravo.

Sarah discordou com um gesto.

– Não acho que Nadine seja escrava.

Gerard concordou.

– É, talvez não seja. Acho que, como ela era uma menina tranquila e meiga, a velha sra. Boynton subestimou sua força de vontade e caráter. Nadine Boynton era jovem e inexperiente demais na época para perceber onde estava se metendo. Hoje ela sabe, mas já é tarde.

– Acha que ela desistiu?

O dr. Gerard fez um gesto de que não sabia ao certo.

– Se ela tem planos, ninguém sabe quais são. Existem algumas possibilidades que envolvem o sr. Cope. O homem é um animal ciumento por natureza... e o ciúme é uma força poderosa. Lennox Boynton ainda pode ser retirado da inércia em que está afundando.

– E o senhor acha... – Sarah falou com um tom bem profissional, de propósito – que existe chance de eu fazer alguma coisa em relação a Raymond?

– Acho.

Sarah soltou um suspiro.

– Eu bem que tentei. De qualquer forma, agora é tarde demais. E não gosto da ideia.

Gerard achou graça.

– Isso porque você é inglesa! As inglesas têm um complexo a respeito do sexo. Acham uma coisa "não muito boa".

A cara de indignação de Sarah não o impressionou.

– Sim, eu sei que você é muito moderna... que usa em público as palavras mais fortes que existem... que é profissional e totalmente desinibida! *Tout de même*, repito, você tem as mesmas características físicas da sua mãe e da sua avó. Ainda é a jovem inglesa cheia de rubores, embora não se ruborize.

– Nunca ouvi tanta bobagem!

O dr. Gerard, com brilho nos olhos e sem se abalar, acrescentou:

– E você fica muito charmosa assim.

Sarah ficou sem saber o que dizer.

O dr. Gerard ergueu o chapéu.

– Já vou indo – disse –, antes que você tenha tempo de dizer tudo o que pensa – e foi para o hotel.

Sarah seguiu o mesmo caminho, mais lentamente.

Havia muito movimento. Vários carros cheios de malas preparavam-se para partir. Lennox e Nadine

Boynton e o sr. Cope estavam ao lado de um grande sedã supervisionando a arrumação. Um guia rechonchudo falava com Carol, numa fluência ininteligível.

Sarah passou por eles e entrou no hotel.

A sra. Boynton, enrolada num casaco grosso, estava sentada numa cadeira, esperando o momento de ir embora. Olhando-a daquele jeito, sentiu-se repugnada. A sra. Boynton sempre lhe parecera uma figura sinistra, a própria encarnação do mal.

Agora, de repente, Sarah via na velha uma criatura patética e impotente. Nascera com tanto desejo de poder, tanta necessidade de domínio, e era apenas uma tirana doméstica! Se os seus filhos pudessem enxergá-la como Sarah enxergava nesse momento... um objeto digno de pena, uma senhora ignorante, maligna, ridícula, dissimulada. Num impulso, foi falar com ela.

– Adeus, sra. Boynton – disse. – Espero que tenha uma boa viagem.

A velha olhou-a. A perversidade dividia lugar com a indignação naqueles olhos.

– A senhora quis ser muito rude comigo – disse Sarah.

"Enlouqueceu?", perguntava-se. "O que a levava a falar daquela maneira?"

– Tentou impedir que seu filho e sua filha fizessem amizade comigo. Não acha tudo isso muita infantilidade? A senhora gosta de bancar o bicho-papão, mas na verdade não passa de um ser bastante patético. Se eu estivesse no seu lugar, acabaria de uma vez com essa encenação ridícula. Imagino que a senhora me odiará por dizer isso, mas falo sinceramente, com a esperança de que minhas palavras produzam algum efeito. A senhora sabe que ainda poderia se divertir muito. É muito melhor ser cordial e gentil. A senhora poderia ser, se tentasse.

Houve uma pausa.

A sra. Boynton ficou imóvel, estarrecida. Por fim, passou a língua pelos lábios secos, boquiaberta. Ficou sem palavras ainda por um tempo.

– Vamos lá – incentivou Sarah –, pode falar! Não importa o que a senhora diga para mim. Mas pense bem no que eu lhe disse.

As palavras vieram enfim, numa voz suave e penetrante ao mesmo tempo. De modo estranho, os olhos de lagarto da sra. Boynton concentraram-se não em Sarah, mas em algo atrás dela, como se a velha falasse com algum espírito conhecido.

– *Nunca esqueço* – disse. – *Lembre-se disso. Nunca me esqueci de nada: nenhuma ação, nenhum nome, nenhum rosto...*

Não havia nada nas palavras em si, mas o veneno que elas encerravam fizeram Sarah recuar. Foi quando a sra. Boynton soltou uma risada... um riso definitivamente pavoroso!

Sarah encolheu os ombros.

– Pobre criatura – exclamou.

E virou as costas. A caminho do elevador, quase se chocou com Raymond Boynton. Falou sem pensar:

– Adeus. Espero que você seja feliz. Talvez nos encontremos de novo algum dia – sorriu para ele, um sorriso amigo e terno, e seguiu em frente.

Raymond ficou ali, feito pedra, tão perdido em seus pensamentos que um homem baixinho de bigodes compridos, tentando sair do elevador, teve de repetir várias vezes:

– *Pardon.*

Raymond finalmente ouviu e afastou-se.

– Desculpe-me – disse. – Eu estava distraído.

Carol veio falar com ele.

– Ray, vá chamar Jinny, por favor. Ela voltou para o quarto. Estamos indo.

– Está bem. Direi a ela para vir logo.

Raymond entrou no elevador.

Hercule Poirot ficou parado um tempo olhando para ele, de testa franzida e a cabeça meio virada para o lado, como que ouvindo.

Então acenou como que de acordo. Caminhando pelo saguão, examinou Carol, que havia se juntado à mãe.

Fez um sinal para o garçom que passava.

– *Pardon.* Poderia me dizer o nome daquelas pessoas ali?

– Família Boynton, monsieur; são americanos.

– Obrigado – disse Hercule Poirot.

No terceiro andar, o dr. Gerard, indo para o quarto, passou por Raymond Boynton e Ginevra, que se encaminhavam para o elevador. Quando já iam descer, Ginevra disse:

– Só um minuto, Ray. Espere por mim no elevador.

Saiu correndo e alcançou o homem com quem cruzara.

– Por favor... preciso falar com o senhor.

O dr. Gerard ergueu os olhos, espantado.

A jovem aproximou-se e agarrou-o pelo braço.

– Eles estão me levando! Talvez me matem... Não faço parte desta família, na verdade. Meu nome verdadeiro não é Boynton...

Ela falava rápido, atropelando as palavras.

– Vou lhe contar um segredo. Eu sou da *realeza*, juro! Sou herdeira de um trono. É por isso... que existem inimigos ao meu redor. Tentam me envenenar... esse tipo de coisa... O senhor poderia me ajudar... a fugir...

Interrompeu-se. Passos.

– Jinny...

Num gesto repentino e belo, a menina colocou um dedo sobre os lábios, lançou um olhar suplicante para Gerard e voltou correndo.

– Estou indo, Ray.

O dr. Gerard continuou andando com as sobrancelhas levantadas. Sacudiu a cabeça lentamente e franziu a testa.

Capítulo 10

Era a manhã da partida para Petra.

Sarah desceu e encontrou na porta principal uma mulher mandona, de nariz acavalado, que já havia visto no hotel, reclamando do tamanho do carro.

– Pequeno demais! Quatro passageiros? *E* um guia? Precisaríamos de um carro maior. Por favor, levem esse e tragam um do tamanho certo.

O representante da Messrs Castle tentou explicar. Aquele era o tamanho de carro que sempre ofereciam, um veículo bastante confortável, na verdade. Um automóvel maior não serviria para andar no deserto. Em vão. A mulher que reclamava passou por cima dele como um rolo compressor.

Depois, voltou sua atenção para Sarah.

– Srta. King? Sou lady Westholme. Tenho certeza de que concorda comigo que esse carro é bastante inadequado em relação ao tamanho.

– Bem – disse Sarah, com certa cautela –, concordo que um maior *seria* mais confortável!

O jovem da Messrs Castle alegou em voz baixa que um automóvel maior seria mais caro.

– Deveria estar incluído no preço – opinou lady Westholme, com firmeza. – Recuso-me a pagar qualquer acréscimo. No anúncio diz claramente "num confortável sedã". Vocês têm que fazer valer o que anunciam.

Vendo-se derrotado, o jovem da Castle disse que veria o que podia fazer e saiu.

Lady Westholme virou-se para Sarah, com um sorriso triunfante no rosto castigado pelo tempo, as narinas de cavalo abertas de alegria.

Lady Westholme era uma pessoa muito conhecida no mundo político inglês. Quando lorde Westholme, seu companheiro – um sujeito simples, de meia-idade, cujo único interesse na vida era caçar, atirar e pescar –, estava voltando de viagem dos Estados Unidos, uma das passageiras do avião era a sra. Vansittart. Pouco tempo depois, a sra. Vansittart tornou-se lady Westholme. Esse encontro costuma ser citado como um exemplo dos perigos das viagens transatlânticas. A nova lady Westholme vivia de tweed e sapato irlandês, criava cães, implicava com os camponeses e forçou impiedosamente o marido a entrar na vida pública. Ao perceber, no entanto, que a política não era o forte de lorde Westholme e nunca seria, permitiu que ele retomasse suas atividades esportivas e candidatou-se ao parlamento. Foi eleita com maioria dos votos e lançou-se à vida política. Começaram a surgir charges sobre ela, um sinal indiscutível de sucesso. Como figura pública, lutava pelos antigos valores da vida familiar, bem-estar para as mulheres, e era defensora ferrenha da Liga das Nações. Definiu posturas referentes à agricultura, moradia e revitalização de áreas degradadas. Era muito respeitada e malvista por quase todo mundo, o que não diminuía a possibilidade de lhe ser concedida uma subsecretaria quando seu partido voltasse ao poder. No momento, havia uma espécie de governo liberal no poder – devido a uma cisão entre trabalhistas e conservadores.

Lady Westholme olhou com satisfação o carro que partia.

– Os homens sempre acham que podem se impor às mulheres – disse.

Sarah pensou que teria de ser um homem muito valente para achar que podia se impor a lady Westholme! Apresentou o dr. Gerard, que acabara de sair do hotel.

– Seu nome me é familiar, claro – disse lady Westholme, cumprimentando-o. – Estava conversando com o professor Chantereau outro dia em Paris. Ultimamente tenho me interessado muito pela questão dos loucos desprovidos de recursos. Vamos entrar enquanto o carro não vem?

Uma senhora de meia-idade com alguns fios de cabelo grisalhos que andava por ali, a srta. Amabel Pierce, era o quarto membro do grupo. Ela também foi carregada para o salão sob as asas protetoras de lady Westholme.

– Você trabalha, srta. King?

– Acabei de me graduar como bacharel em medicina.

– Muito bem – disse lady Westholme, em tom de aprovação. – Pode escrever: se alguma coisa deve ser feita, as mulheres é que o farão.

Pela primeira vez incomodada com sua condição feminina, Sarah seguiu lady Westholme, obediente.

Enquanto esperavam, lady Westholme contou que havia recusado um convite para ficar com o alto comissariado durante sua estadia em Jerusalém.

– Não queria que as autoridades do governo ficassem me controlando. Queria ver as coisas sozinha.

"Que coisas?", pensou Sarah.

Lady Westholme explicou que estava hospedada no Hotel Solomon para ficar livre. Disse também que tinha dado várias sugestões ao gerente a fim de melhorar o serviço do hotel.

– Eficiência – disse lady Westholme – é meu lema.

Via-se! Em quinze minutos, um grande automóvel bastante confortável apareceu. Após as instruções de lady Westholme referentes a como a bagagem deveria ser guardada, o grupo seguiu viagem.

A primeira parada foi o Mar Morto. Haviam almoçado em Jericó. Mais tarde, quando lady Westholme, com um guia turístico nas mãos, foi visitar a cidade com a srta. Pierce, o médico e o guia rechonchudo, Sarah ficou no jardim do hotel.

Sentia um pouco de dor de cabeça e queria ficar sozinha. Uma profunda depressão a abatera – uma depressão difícil de explicar. Sentiu-se repentinamente fraca e desinteressada, sem vontade de fazer passeios turísticos, cansada de seus companheiros de jornada. Desejou nesse momento nunca ter se comprometido com aquela excursão a Petra. Seria muito cara, e ela tinha quase certeza de que não ia gostar! A voz estridente de lady Westholme, os gorjeios da srta. Pierce e as lamúrias antissionistas do guia já estavam tirando-lhe a paciência. Aquilo tudo era quase tão irritante quanto o ar do dr. Gerard de que sabia exatamente como ela se sentia.

Perguntava-se onde os Boynton estariam naquele momento. Talvez tivessem ido para a Síria ou para Baalbek ou Damasco. Raymond... o que ele estaria fazendo? Estranho como lia bem em seu rosto desconfiança, aflição e tensão nervosa...

Meu Deus! Por que continuar pensando em pessoas que provavelmente nunca veria de novo? Aquela cena outro dia com a velha. O que a teria feito dirigir-se a ela e falar um monte de besteira? Outras pessoas devem ter ouvido. Lady Westholme estava bem perto. Sarah tentava lembrar-se exatamente do que dissera. Devia ter parecido histérica. Que papel acabou fazendo! Mas não tinha sido sua culpa, e sim da sra. Boynton. Alguma coisa nela fizera Sarah perder o senso de proporção.

O dr. Gerard apareceu e sentou-se numa cadeira, enxugando o suor da testa.

– Caramba! Se eu pudesse, envenenava aquela mulher! – exclamou.

Sarah perguntou:

– A sra. Boynton?

– Sra. Boynton? Não, estou falando de lady Westholme! É incrível que sendo casada há tanto tempo isso ainda não tenha acontecido. Do que é feito o marido dela?

Sarah riu.

– Ele é do tipo "caça, pesca, atira" – explicou.

– Psicologicamente isso é muito importante! Ele satisfaz seu desejo de morte com os (assim chamados) seres inferiores.

– Creio que se orgulha bastante das atividades da mulher.

O francês insinuou:

– Porque ela fica pouco em casa? Faz sentido. – Fez uma pausa e perguntou: – O que você acabou de dizer? Sra. Boynton? Sem dúvida não seria má ideia envenená-la também. Não há como negar que seria a solução mais simples para os problemas daquela família! Aliás, muitas mulheres deveriam ser envenenadas. Todas as que ficaram velhas e feias.

Fez uma cara expressiva.

Sarah caiu na gargalhada.

– Vocês franceses! Só querem saber de mulheres jovens e atraentes.

Gerard deu de ombros.

– Somos apenas mais sinceros, só isso. Os ingleses também não dão bola para as mulheres feias... não mesmo.

– Como a vida é deprimente – suspirou Sarah.

– Não há motivo para suspirar, mademoiselle.

– É que estou meio deprimida hoje.

– Claro.

– Como assim "claro"? – perguntou irritada.

– Entenderá o que eu quero dizer se examinar honestamente seu estado de espírito.

– Acho que foram nossos companheiros de viagem que me deixaram assim – declarou Sarah. – É incrível, mas eu odeio mulheres! Quando são ineficientes e idiotas como a srta. Pierce, me enfurecem... e quando são eficientes como lady Westholme, me aborrecem mais ainda.

– Diria que é inevitável que essas duas pessoas a aborreçam. Lady Westholme é feita exatamente para a vida que leva e está completamente feliz e realizada. A srta. Pierce trabalhou anos como governanta e de repente recebeu uma herança que lhe possibilitou realizar o sonho de sua vida, que era viajar. Até agora, a viagem está correspondendo às expectativas dela. Como consequência, você, que não conseguiu o que queria, se ressente ao perceber que existem pessoas mais realizadas do que você.

– Tem razão – concordou Sarah, sombria. – É terrível seu poder de penetração na mente humana! Procuro enganar a mim mesma e o senhor não deixa.

Nesse momento, os outros regressavam. O guia parecia o mais exausto dos três. Ficou calado no caminho para Amã. Nem mencionou os judeus. Todos agradeciam em segredo, pois ninguém aguentava mais ouvir o relato de suas iniquidades desde que partiram de Jerusalém.

Agora, a estrada subia circundando o rio Jordão, por entre clareiras cheias de flores cor-de-rosa.

Chegaram a Amã no fim da tarde e, após uma rápida visita ao teatro greco-romano, foram dormir. Iriam acordar cedo no dia seguinte para atravessar o deserto de Ma'an.

Saíram pouco depois das oito. Não pareciam com disposição para conversar. O ar estava quente e abafado. Quando fizeram uma parada ao meio-dia para um pequeno almoço, o calor estava realmente insuportável. A irritação de passar o dia encarcerado com três outros seres humanos naquele inferno abalara todo mundo.

Lady Westholme e o dr. Gerard tiveram uma discussão arrebatada sobre a Liga das Nações. Lady Westholme era uma defensora convicta da Liga. O francês, por outro lado, resolveu opor-se. Falaram da Abissínia e da Espanha e, depois, da atitude da Liga em relação ao tráfico de entorpecentes.

– O senhor tem que admitir que eles fizeram um trabalho maravilhoso. Maravilhoso! – comentou lady Westholme.

O dr. Gerard deu de ombros.

– Talvez. Mas por um custo maravilhoso também!

– É um assunto muito sério. Segundo a lei sobre drogas perigosas...

A discussão continuou.

A srta. Pierce comentou com Sarah:

– É mesmo *muito* interessante viajar com lady Westholme.

Ríspida, Sarah perguntou:

– É?

Mas a srta. Pierce não notou a ironia e continuou alegremente.

– Já vi *muito* o nome dela nos jornais. É *formidável* ver as mulheres entrarem na vida pública e conquistarem seu espaço. Fico *feliz* quando uma *mulher* consegue realizar alguma coisa!

– Por quê? – indagou Sarah, feroz.

A srta. Pierce ficou de boca aberta, gaguejando, sem saber o que dizer.

– Ah, porque... quer dizer... porque... bem... é bom saber que as mulheres são *capazes* de realizar coisas!

– Discordo – disse Sarah. – É bom quando *qualquer* ser humano é capaz de realizar alguma coisa importante! Não faz a menor diferença que seja homem ou mulher. Por que faria?

– Bem, claro... – disse a srta. Pierce. – Confesso... claro, se olharmos dessa forma...

Mas estava um pouco desconcertada. Sarah explicou de modo mais suave:

– Sinto muito, mas odeio essa diferenciação entre os sexos. "*A mulher moderna tem de ter uma visão racional em relação à vida.*" Esse tipo de coisa. Não é verdade! Algumas mulheres são assim e outras não. Alguns homens são sentimentais e confusos, outros são lógicos e realistas. São apenas tipos diferentes de cérebro. O sexo só importa quando está diretamente envolvido.

A srta. Pierce corou um pouco ao ouvir a palavra sexo e mudou abruptamente de assunto.

– Falta um pouco de sombra, é verdade, mas todo esse descampado é tão bonito, não é?

Sarah concordou.

Sim, pensou, o descampado era maravilhoso... restaurador... tranquilo... sem seres humanos com suas difíceis relações entre si... nenhum problema pessoal! Agora, enfim, sentia-se livre da família Boynton. Livre daquele estranho e impulsivo desejo de se meter na vida de pessoas cuja órbita não tocava nem de longe sua própria vida. Sentiu-se calma e em paz. Ali havia isolamento, vazio, amplitude... Ou seja, paz...

Infelizmente, não estava sozinha para desfrutar disso. Lady Westholme e o dr. Gerard tinham acabado de discutir sobre drogas e agora debatiam a questão das pobres moças desprotegidas que eram exportadas de maneira sinistra para cabarés da Argentina. O dr. Gerard, durante toda a conversa, falava num tom leve, que lady Westholme, política e sem o menor senso de humor, achava deplorável.

– Vamos indo? – anunciou o guia, que recomeçou a falar sobre as iniquidades dos judeus.

Chegaram a Ma'an uma hora depois do crepúsculo. O carro foi cercado por homens estranhos, com feições selvagens. Após uma breve parada, seguiram em frente.

Olhando além da superfície plana do deserto, Sarah se perguntava onde poderia estar o baluarte rochoso de Petra. Podiam avistar quilômetros e quilômetros à distância, pois não havia morros nem montanhas por perto. Faltaria muito ainda para o fim da jornada, então?

Atingiram o povoado de Ain Musa, onde os carros deveriam ficar. Havia cavalos esperando por eles – animais magros e tristonhos. A inadequação de sua roupa incomodou a srta. Pierce. Lady Westholme usava traje de montar, que não combinava muito com seu tipo físico, mas era indiscutivelmente prático.

Os cavalos foram conduzidos para fora da aldeia por um caminho pedregoso e escorregadio. O solo se desfazia e os cavalos iam descendo em zigue-zague. O sol estava se pondo.

Sarah, cansada depois do dia quente e longo no carro, sentia-se aturdida. A descida foi como um sonho. Depois, pareceu-lhe como se uma cratera do inferno se abrisse sob seus pés. O caminho descia... descia para dentro da terra. As rochas apareciam ao redor deles, que seguiam em direção às entranhas da terra, por um labirinto de rochedos vermelhos, que se estreitavam agora de ambos os lados. Sarah sentiu-se sufocada... engolida pela garganta cada vez mais estreita.

Pensou confusamente consigo mesma: "Descendo para o vale da morte... descendo para o vale da morte...".

Continuaram. O caminho ficava cada vez mais escuro. As paredes de um vermelho vivo ensombreceram, e eles seguiam sempre em frente, prisioneiros, perdidos nas estranhas da terra.

Sarah pensou: "É fantástico e inacreditável... uma cidade morta".

E de novo como um refrão vinham as palavras: "*O vale da morte...*".

Acenderam as lanternas. Os cavalos passavam por entre os corredores estreitos. De repente chegaram a um espaço aberto. Adiante, havia um monte de luzes.

– É ali o acampamento! – anunciou o guia.

Os cavalos apertaram um pouco o passo, não muito. Estavam famintos e exaustos, mas demonstraram força nesse momento. Agora o caminho beirava um riacho cheio de cascalhos. As luzes estavam mais próximas.

Viram uma porção de tendas em fileiras e também cavernas cavadas na rocha.

Estavam chegando. Empregados beduínos vieram correndo ao encontro deles.

Sarah olhou para uma das cavernas. Reparou numa figura sentada. O que seria? Um ídolo? Uma gigantesca imagem agachada?

Não. Eram as luzes trêmulas que o faziam parecer tão grande. Mas *devia* ser algum tipo de ídolo, sentado imóvel, preenchendo o espaço...

De repente, Sarah sentiu um baque no coração.

A sensação de paz e fuga que o deserto lhe dera desvaneceu-se. Havia sido conduzida de volta da liberdade para a escravidão. Ali, no fundo daquele vale escuro, como a sacerdotisa de algum culto esquecido, um monstruoso buda feminino, reencontrava a sra. Boynton sentada...

Capítulo 11

A sra. Boynton estava em Petra!

Sarah respondeu mecanicamente as perguntas que lhe eram dirigidas. Queria jantar logo – o jantar estava pronto – ou preferia tomar um banho primeiro? Gostaria de dormir numa tenda ou numa caverna?

Isso era fácil de responder. Numa tenda. Tremia só de pensar numa caverna. Lembrava daquela figura monstruosa. O que havia naquela mulher que a fazia não parecer humana?

Finalmente, seguiu um dos empregados nativos, que usava calças cáqui bastante remendadas, caneleiras sujas e um casaco surrado. Na cabeça, um turbante nativo, o *Keffiyeh*, com longas tiras protegendo o pescoço e preso por uma faixa de seda preta no alto da cabeça. Sarah admirou o balanço de seu caminhar... a graça com que o turbante lhe envolvia a cabeça. Só a parte europeia da vestimenta era feia e inadequada. Sarah pensou: "A civilização *está* toda errada... *toda* errada. Mas se não fosse a civilização, não haveria sra. Boynton! Em tribos selvagens, provavelmente já a teriam matado e comido há anos!".

Percebeu, com certo humor, que estava exausta e a ponto de perder a cabeça. Tomou um banho quente e passou uma maquiagem leve no rosto. Sentia-se renovada... tranquila, equilibrada e envergonhada de seu pânico recente.

Penteou o pesado cabelo preto, apertando os olhos para conseguir enxergar seu reflexo no pequeno espelho, sob a luz bruxuleante do candeeiro.

Em seguida, afastou a parte da tenda que servia de porta e saiu para a noite, preparada para descer para a tenda principal.

– Você... aqui?

Era um grito baixo, espantado, incrédulo.

Virou-se e viu os olhos surpresos de Raymond Boynton. Alguma coisa naqueles olhos fizeram-na ficar em silêncio, quase temerosa. Tanta alegria... Como se ele estivesse tendo uma visão do Paraíso... sonhador, inebriado, agradecido, humilde! Sarah jamais esqueceria aquele olhar. Assim deviam os condenados olhar para cima e ver o céu...

Ele repetiu:

– *Você...*

Aquele tom vibrante e contido de sua voz comoveu-a. Fez seu coração bater mais forte no peito. Sentiu-se tímida, temerosa, humilde e, ao mesmo tempo, arrogantemente alegre. Disse apenas:

– Sim.

Ele aproximou-se, ainda perplexo, quase não acreditando.

Depois, de repente, pegou sua mão.

– *É* você – disse. – É você mesmo. No início, achei que fosse um fantasma... porque não paro de pensar em você. – Fez uma pausa e prosseguiu: – Amo você, sabe... Desde o momento em que a vi no trem. Agora sei. E quero que saiba... para que veja que não é o meu verdadeiro "eu" que se comporta de maneira tão infantil. Veja, não posso responder por mim, nem mesmo agora. Eu poderia fazer... qualquer coisa! Poderia passar por você sem falar, mas quero que saiba que não sou eu mesmo o responsável por isso. São meus nervos. Não posso depender deles... Quando ela me manda fazer as coisas... eu faço! Meus nervos me obrigam! Compreende, não? Pode me desprezar se quiser...

Ela interrompeu-o, com voz suave e inesperadamente doce:

– Não o desprezarei.

– Mesmo assim, sou bastante desprezível! Deveria... conseguir me comportar como homem.

Era em parte um eco do conselho de Gerard, mas dentro de sua sabedoria e esperança, Sarah respondeu – e por trás da doçura de sua voz havia uma ponta de certeza e autoridade consciente:

– Você conseguirá agora.

– Será? – perguntou com ansiedade. – Talvez...

– Você terá coragem agora. Tenho certeza.

Ele se ergueu com dignidade.

– Coragem? Sim, é disso que preciso. Coragem!

De repente, inclinou a cabeça, tocou-lhe a mão com os lábios. Um minuto depois tinha desaparecido.

Capítulo 12

Sarah desceu e foi ao encontro de seus três companheiros de viagem. Estavam sentados numa mesa, comendo. O guia explicava que havia outro grupo.

– Vieram há dois dias e vão embora depois de amanhã. Americanos. A mãe é muito gorda e teve dificuldade de chegar aqui. Foi trazida em uma cadeira por carregadores. Disseram que foi um trabalho pesado, ainda mais com esse calor...

Sarah deu uma gargalhada repentina. Era tudo muito engraçado!

O guia rechonchudo olhou-a agradecido. Não estava achando fácil sua tarefa. Lady Westholme já o havia contestado três vezes aquele dia e agora reclamava do tipo de cama que lhe deram. Sentia-se grato ao único membro do grupo que parecia de bom humor.

– Ah – exclamou lady Westholme –, acho que essas pessoas estavam no Hotel Solomon. Reconheci a velha senhora quando chegamos. Vi a srta. King conversando com ela no hotel.

Sarah corou com ar de culpa, torcendo para que lady Westholme não tivesse ouvido muita coisa da conversa.

"Realmente, não entendo o que se apossou de mim", pensou aflita.

Nesse meio-tempo, lady Westholme declarou:

– Não são nem um pouco interessantes. Muito provincianos.

A srta. Pierce parecia concordar, e lady Westholme começou a contar histórias de vários americanos interessantes e importantes que conhecera.

Como o tempo estava excepcionalmente quente para aquela época do ano, combinaram de sair cedo no dia seguinte.

Os quatro reuniram-se para o café da manhã às seis horas. Não havia sinal de nenhum membro da família Boynton. Depois de lady Westholme queixar-se da falta de frutas, tomaram chá e leite e comeram ovos fritos com bacon.

Depois, começaram a excursão com lady Westholme e o dr. Gerard discutindo animados sobre o exato valor das vitaminas na dieta e na nutrição apropriada das classes trabalhadoras.

De repente, chamaram do acampamento, e eles pararam para que outra pessoa se juntasse ao grupo. Era o sr. Jefferson Cope que vinha correndo atrás deles, com o rosto vermelho pelo esforço da corrida.

– Se não se importam, gostaria de me juntar a vocês. Bom dia, srta. King. É uma surpresa encontrá-la aqui e o dr. Gerard. Estão gostando?

Fez um gesto indicando as fantásticas rochas avermelhadas por todo lado.

– Acho tudo maravilhoso, mas um pouco opressor – disse Sarah. – Sempre pensei que fosse uma cidade romântica, de sonhos... "a cidade vermelho-rosa". Mas é muito mais *real* do que isso... real como um bife cru.

– E da mesma cor – concordou o sr. Cope.

– Mas é lindo também – admitiu Sarah.

O grupo começou a subir. Dois guias beduínos os acompanhavam. Homens altos, de andar firme, galgavam sem esforço, com suas botas especiais, as escarpas escorregadias. As dificuldades logo começaram a aparecer. Sarah conseguia suportar a altura, assim como o dr. Gerard, mas tanto o sr. Cope quanto lady Westholme estavam penando, e a pobre srta. Pierce teve de ser praticamente carregada para atravessar os precipícios, de olhos fechados, o rosto verde e a voz em um perpétuo lamento.

– Sempre tive pavor de altura. Sempre, desde criança!

Decidiu que voltaria, mas ao olhar a descida, seu rosto ficou ainda mais verde e com grande relutância chegou à conclusão de que continuar seria o melhor a fazer.

O dr. Gerard procurou acalmá-la, de modo gentil. Subiu atrás dela, colocando pedaços de madeira entre ela e o despenhadeiro, como uma balaustrada. A srta. Pierce confessou depois que o corrimão improvisado acabou ajudando-a a superar a vertigem.

Sarah, um pouco ofegante, perguntou ao guia, Mahmoud, que, apesar de suas enormes proporções, não demonstrava o menor sinal de cansaço:

– Vocês nunca têm problemas em trazer as pessoas aqui em cima? Pessoas idosas, digo.

– Sempre... sempre temos problemas – afirmou Mahmoud, com indiferença.

– E elas vêm mesmo assim?

Mahmoud encolheu os ombros robustos.

– Elas gostam de vir. Pagam um bom dinheiro para ver essas coisas e querem vê-las. Os guias beduínos são muito hábeis... têm muita firmeza nos pés... sempre conseguem ajudá-las.

Chegaram finalmente ao cume. Sarah suspirou.

Por toda a volta, viam-se apenas pedras vermelhas – um lugar estranho, incrível, único no mundo. No ar puro da manhã, eles pareciam deuses supervisionando um mundo mais raso, um mundo de evidente violência.

Ali tinha sido, contou o guia, o "Lugar do Sacrifício", o "Lugar Alto". Mostrou a fenda que havia numa pedra lisa a seus pés.

Sarah afastou-se do grupo, da torrente de palavras que fluíam da boca do guia. Sentou-se numa rocha, passou a mão pelos cabelos negros e ficou olhando o mundo lá embaixo. De repente, notou a presença de alguém ao seu lado. Ouviu a voz do dr. Gerard:

– Você está apreciando o lugar da tentação do diabo no Novo Testamento. Satã levou Nosso Senhor ao topo de uma montanha e mostrou-Lhe o mundo. "Tudo isto será teu, se te prostrares e me adorares." Como é grande a tentação de ser um Deus de Poder Material!

Sarah concordou, mas sua cabeça estava tão distante dali que Gerard comentou surpreso:

– Você está pensando em algo muito profundo – disse.

– Sim, estou – admitiu, com uma expressão perplexa no rosto. – É uma ideia maravilhosa... ter um lugar de sacrifício aqui em cima. Às vezes acho que os sacrifícios são *necessários*, não acha? Ou seja, damos muita importância à vida. A morte não é um bicho de sete cabeças como imaginamos.

– Se pensa dessa maneira, srta. King, não deveria ter escolhido nossa profissão. Para nós, a Morte é, e deverá ser sempre, a Inimiga.

Sarah estremeceu.

– Tem razão. E no entanto, tantas vezes a morte pode resolver um problema. Pode significar, inclusive, uma vida mais completa.

– É conveniente para nós que um homem morra pelo povo! – citou Gerard, sério.

Sarah fitou-o espantada.

– Eu não quis dizer... – interrompeu-se. Jefferson Cope aproximava-se.

– Que lugar maravilhoso – exclamou. – Realmente incrível. Estou feliz de não ter perdido a viagem. Não vejo problema em confessar que a sra. Boynton, embora seja uma mulher notável... admiro muito sua coragem e determinação de vir até aqui... atrapalha um pouco a viagem. Sua saúde é precária, e imagino que isso a torne naturalmente mais egoísta, mas parece não lhe ocorrer que sua família possa gostar de fazer excursões sem ela de vez em quando. Está tão acostumada a tê-los por perto que talvez não pense...

O sr. Cope parou de repente. O rosto bondoso parecia um pouco perturbado.

– Sabe – disse –, ouvi algumas coisas sobre a sra. Boynton que me perturbaram bastante.

Sarah estava absorta em pensamentos mais uma vez. A voz do sr. Cope apenas fluiu por seus ouvidos como a corrente de um rio distante, mas o dr. Gerard perguntou:

– É mesmo? O quê?

– Minha informante foi uma moça que conheci por acaso no hotel em Tiberíades. Contou-me sobre uma empregada que trabalhara para a sra. Boynton. A menina, parece, teve...

Fez uma pausa, olhou sutilmente para Sarah e baixou a voz.

– A menina ia ter um filho. A velha descobriu, foi aparentemente boa para a moça, mas algumas semanas antes de a criança nascer, expulsou-a de sua casa.

As sobrancelhas do dr. Gerard se levantaram.

– Ah – fez pensativamente.

– Minha informante parecia muito segura do que dizia. Não sei se concorda comigo, mas acho uma crueldade. Não consigo entender...

O dr. Gerard interrompeu-o.

– Pois deveria tentar. Esse incidente, não tenho dúvida, deve ter proporcionado uma grande alegria à sra. Boynton.

O sr. Cope estava chocado.

– Não! – exclamou com ênfase. – É uma ideia inconcebível.

Suave, o dr. Gerard citou:

– *Então voltei e considerei todas as opressões existentes sob o sol. E havia prantos e lamentações dos oprimidos, que não encontravam conforto; pois os opressores detinham o poder, e ninguém poderia ajudá-los. Então louvei os mortos que já estão mortos, mais do que os vivos que ainda suportam a vida; aqueles que nunca existiram estão melhor do que os mortos e os vivos, porque nunca conheceram a maldade que se espalha sobre a terra...*

Parou e disse:

– Caro senhor, estudei a vida inteira as coisas estranhas que se passam na mente humana. Não adianta querermos enxergar só o lado bom da vida. Por trás do decoro e das convenções do dia a dia existe um grande reservatório de desvios. O gosto pela crueldade em si, por exemplo. Mas existe algo em um nível mais profundo. O desejo intenso e lastimável de ser apreciado. Se esse desejo não for atendido, se o ser humano, por conta de seu próprio caráter, não conseguir obter o que precisa, ele se volta para outros métodos... precisa que o *levem em conta*... e aí aparecem as mais diversas perversões. O hábito da crueldade, como qualquer hábito, pode ser cultivado, pode apoderar-se das pessoas...

O sr. Cope tossiu.

– Acho, dr. Gerard, que o senhor está exagerando um pouco. O ar aqui em cima é realmente maravilhoso...

Afastou-se. Gerard sorriu de leve. Olhou de novo para Sarah, que franzia o rosto com severidade juvenil. Parecia uma jovem juíza declarando sentença...

Virou-se, notando que a srta. Pierce vinha logo atrás.

– Vamos descer agora – disse ela. – Meu caro, tenho certeza de que jamais conseguiria, mas o guia disse que o caminho de descida é bem diferente, muito mais fácil. Espero que sim, porque desde criança tenho medo de altura...

A descida foi ao longo do curso de uma queda d'água. Apesar de algumas pedras soltas que podiam representar perigo, o caminho não era tão vertiginoso.

O grupo regressou cansado ao acampamento, mas com grande disposição e um excelente apetite para o almoço tardio. Já passava de duas horas.

A família Boynton estava reunida em torno de uma mesa sob o toldo principal, terminando a refeição.

Lady Westholme dirigiu-lhes uma frase amável, de seu jeito condescendente:

– Que manhã agradável! – exclamou. – Petra é realmente um lugar maravilhoso.

Carol, a quem essas palavras pareciam ser dirigidas, lançou um rápido olhar à mãe e murmurou:

– Sim... é verdade – e retornou ao silêncio.

Lady Westholme, sentindo que havia cumprido seu dever, voltou a comer.

Durante o almoço, os quatro discutiam planos para a tarde.

– Acho que vou descansar – disse a srta. Pierce. – É importante não exagerar.

– Eu vou dar uma volta e explorar o lugar – disse Sarah. – E o senhor, dr. Gerard?

Ouviu-se o barulho de uma colher que a sra. Boynton deixara cair. Todos se assustaram.

– Acho – disse lady Westholme – que vou seguir seu exemplo, srta. Pierce. Talvez meia hora de leitura e uma hora de descanso. Depois, quem sabe, uma pequena caminhada.

Lentamente, com ajuda de Lennox, a velha sra. Boynton conseguiu ficar de pé. Ficou assim por um tempo e depois disse com inesperada amabilidade:

– É melhor vocês todos darem uma volta hoje à tarde.

Era engraçado observar as caras de espanto dos familiares.

– Mas mãe, e a senhora?

– Não preciso de vocês. Gosto de ficar sozinha, lendo. É melhor Jinny ficar. Ela precisa dormir um pouco.

– Mãe, não estou cansada. Quero ir com todo mundo.

– Está cansada sim! E com dor de cabeça. Precisa se cuidar. Deite e durma. Sei o que é melhor para você.

– Eu... eu...

Nos olhos da garota via-se rebeldia, que logo se amainou. Baixou os olhos, submissa...

– Que teimosia! – disse a sra. Boynton. – Vá para a sua tenda.

Retirou-se. Os outros a seguiram.

– Nossa! – exclamou a srta. Pierce. – Que gente estranha. E a mãe. Que cara esquisita, toda roxa. Deve ser coração. E ela deve sofrer com o calor.

Sarah pensou: "Vai deixá-los livres esta tarde. Sabe que Raymond quer me encontrar. Por quê? Será uma armadilha?".

Depois do almoço, quando foi para a sua tenda trocar o vestido por um de linho mais fresco, ainda pensava nisso. Desde a noite anterior, seus sentimentos em relação a Raymond tinham evoluído para uma espécie de ternura protetora. Era amor... esse anseio de aliviar, a todo custo, a dor do ser amado... Sim, amava Raymond Boynton. São Jorge e o dragão ao contrário. Ela era o salvador e Raymond, a vítima aprisionada.

O dragão era a sra. Boynton, um dragão cuja amabilidade repentina, na cabeça desconfiada de Sarah, parecia muito suspeita.

Eram três e quinze quando Sarah apareceu pronta.

Lady Westholme estava sentada numa cadeira. Apesar do calor que fazia, ainda usava sua saia de tweed. Segurava um relatório da Royal Commission. O dr. Gerard conversava com a srta. Pierce, que trazia na mão um livro intitulado *Sede de amor*, "um romance de paixão e mal-entendidos", lia-se na capa.

– Não acho bom deitar logo depois de comer – comentou a srta. Pierce. – Dificulta a digestão. Está bem fresquinho aqui na sombra. Meu Deus, como aquela velha senhora consegue ficar sentada no sol daquele jeito?

Todos olharam para onde ela apontara. A sra. Boynton estava sentada como na noite anterior, um Buda imóvel em frente à sua caverna. Não havia outro ser humano por perto. Todo o pessoal do acampamento estava dormindo. A alguma distância, um pequeno grupo de pessoas caminhava em direção ao vale.

– Pelo menos uma vez – disse o dr. Gerard – a boa mãe permite que eles se divirtam sem ela. Deve estar tramando alguma coisa, não?

– Sabe – disse Sarah –, foi exatamente o que pensei.

– Como somos desconfiados. Venha, vamos nos juntar aos boas-vidas.

Deixando a srta. Pierce absorta em sua fascinante leitura, eles saíram. Ao chegarem à curva do vale, alcançaram o outro grupo, que caminhava devagar. Pela primeira vez, a família Boynton parecia alegre e despreocupada.

Lennox e Nadine, Carol e Raymond, o sr. Cope, com um largo sorriso no rosto, e os retardatários, Gerard e Sarah, conversavam e sorriam.

Instaurou-se, de repente, um clima de alegria. No espírito de todos estava o sentimento de que aquela ocasião única devia ser aproveitada ao máximo. Sarah e Raymond não se isolaram. Em vez disso, Sarah ficou junto de Carol e Lennox. O dr. Gerard conversava com Raymond um pouco atrás. Nadine e Jefferson Cope vinham por último.

Foi o francês que desmanchou o grupo. Deixou o ritmo da conversa cair e parou de repente.

– Mil desculpas. Preciso voltar.

Sarah fitou-o.

– Aconteceu alguma coisa?

– Sim, estou com febre. Venho me sentindo mal desde o almoço.

Sarah olhou-o com mais atenção.

– É malária?

– Sim. Vou voltar e tomar quinino. Espero que não seja um acesso forte. Foi o legado de uma visita ao Congo.

– Quer que eu vá junto? – perguntou Sarah.

– Não precisa. Trouxe minha caixa de remédios. É chato, mas não é grave. Continuem em frente, vocês.

Voltou rápido para o acampamento.

Sarah ficou sem saber o que fazer por alguns instantes, mas encontrou os olhos de Raymond, sorriu para ele e acabou esquecendo o francês.

Durante um tempo, os seis caminharam juntos: Carol, ela, Lennox, sr. Cope, Nadine e Raymond.

Depois, de uma forma ou de outra, ela e Raymond se distanciaram do grupo. Subiram pedras, circundaram pontas de rochas e pararam para descansar na sombra.

Houve um silêncio... depois Raymond perguntou:

– Qual é o seu nome? O sobrenome é King, eu sei. Mas e o primeiro nome?

– Sarah.

– Sarah. Posso chamá-la assim?

– Claro.

– Sarah, fale-me um pouco de você.

Recostando-se nas rochas, Sarah falou de sua vida em Yorkshire, de seus cachorros e da tia que a criara.

Depois, na sua vez, Raymond contou-lhe um pouco sobre sua vida, de maneira um tanto desconexa.

No fim, os dois permaneceram calados por um bom tempo. Suas mãos se encontraram e eles ficaram assim, como crianças, de mãos dadas, estranhamente felizes.

Quando o sol já desaparecia, Raymond se mexeu.

– Vou voltar – disse. – Não com você. Quero voltar sozinho. Preciso dizer e fazer uma coisa. Depois disso, depois de provar para mim mesmo que não sou covarde... não terei vergonha de lhe pedir ajuda. Precisarei de ajuda, talvez precise até lhe pedir dinheiro emprestado. Sarah sorriu.

– Fico feliz que você seja realista. Pode contar comigo.

– Mas primeiro preciso fazer isso sozinho.

– Fazer o quê?

O rosto jovem ficou de repente sério. Raymond Boynton disse:

– Eu tenho que provar minha coragem. É agora ou nunca.

Virou-se abruptamente e foi embora.

Sarah recostou-se na rocha e ficou olhando Raymond se afastar. Algo em suas palavras a havia alarmado. Parecia tão tenso... tão ansioso e convicto. Por um momento, lamentou não ter ido com ele...

Mas logo viu que não estava certo. Raymond queria ficar sozinho, para testar sua recém-encontrada coragem. Tinha esse direito.

Rezava de todo o coração, porém, para que essa coragem não lhe falhasse...

O sol estava se pondo quando Sarah voltou para o acampamento. Ao se aproximar, já quase na penumbra, avistou a silhueta da sra. Boynton ainda sentada na entrada de sua tenda. Sarah estremeceu ao ver aquela figura imóvel e macabra...

Acelerou o passou e entrou na parte iluminada da tenda principal.

Lady Westholme estava tricotando um casaco azul-marinho, com o fio da lã em volta do pescoço. A srta. Pierce bordava uma toalha de mesa com flores azuis e, ao mesmo tempo, se informava sobre a reforma da lei do divórcio.

Os empregados iam e vinham, ocupados com a preparação do jantar. Os Boynton estavam na outra ponta, sentados em espreguiçadeiras, lendo. Mahmoud apareceu, gordo e digno, reclamando. Havia combinado uma excursão muito interessante para depois do chá, mas todos desapareceram do acampamento... o programa não aconteceu... uma visita muito instrutiva à arquitetura nabateana.

Sarah comentou que todos tinham se divertido bastante.

Foi para a sua tenda preparar-se para o jantar. No caminho, parou na tenda do dr. Gerard e chamou em voz baixa:

– Dr. Gerard.

Ninguém respondeu. Levantou a cortina de entrada e olhou para dentro. O doutor estava deitado imóvel na cama. Sarah retirou-se sem fazer barulho, supondo que ele estivesse dormindo.

Um empregado veio e apontou para a tenda principal, indicando que o jantar estava servido. Ela desceu. Todos já se encontravam em volta da mesa, exceto o dr. Gerard e a sra. Boynton. Um empregado foi enviado para avisar à velha que estava tudo pronto. De repente, escuta-se um grande movimento do lado de fora. Dois empregados apavorados entraram falando em árabe com o guia.

Mahmoud olhou ao redor meio aturdido e retirou-se. Num impulso, Sarah acompanhou-o.

– O que houve? – perguntou.

Mahmoud respondeu:

– A velha senhora. Abdul disse que ela não está bem, que não consegue se mexer.

– Vou lá ver.

Sarah apertou o passo. Atrás de Mahmoud, subiu numa pedra e seguiu em frente até chegar na figura encolhida na cadeira. Tocou a mão gorda, tomou-lhe o pulso, inclinou-se sobre ela...

Quando se levantou, estava pálida.

Voltou depressa para onde todos comiam. Na entrada, parou um minuto e observou o grupo no fundo da mesa. Sua voz, quando começou a falar, saiu brusca e forçada.

– Sinto muito – disse. Com dificuldade, dirigiu-se ao chefe da família, Lennox. – *Sua mãe morreu, sr. Boynton.*

E curiosamente, como se estivesse a uma grande distância, observou o rosto de cinco pessoas para as quais aquela notícia significava liberdade...

PARTE 2

Capítulo I

O coronel Carbury sorriu para seu convidado do outro lado da mesa e levantou sua taça.

– Um brinde ao crime!

Os olhos de Hercule Poirot brilharam.

Tinha vindo para Amã com uma carta de apresentação do coronel Race para o coronel Carbury.

Carbury estava interessado em conhecer o sujeito mundialmente famoso que seu amigo e colaborador do Serviço de Inteligência admirava tanto.

– Nunca vi tamanha capacidade de dedução psicológica! – Race escrevera a respeito da solução do caso Shaitana.

– Temos que mostrar-lhe tudo o que pudermos nas redondezas – disse Carbury, torcendo o bigode irregular. Era um homem atarracado, de aparência um pouco descuidada, estatura mediana, um pouco calvo e com olhos azuis, vagos e doces. Nada tinha de soldado. Não parecia nem particularmente alerta. Não havia nada que lembrasse um disciplinador. No entanto, tinha poder na Transjordânia.

– Aqui é Gerasa – disse. – Esse tipo de coisa lhe interessa?

– Me interesso por tudo!

– Certo – concordou Carbury. – É a única forma de viver. – Fez uma pausa. – Diga-me, já sentiu que seu trabalho o persegue?

– *Pardon*?

– Bem... em outras palavras... viaja com a intenção de tirar férias dos crimes... e acaba se deparando com cadáveres?

– Já aconteceu, sim, mais de uma vez.

– Hmm – fez o coronel Carbury, meio distraído.

Depois, voltando do transe, disse:

– Tenho um caso de morte agora que não me agrada nem um pouco.

– É mesmo?

– Sim. Aqui em Amã. Uma velha senhora americana. Foi a Petra com a família. Uma viagem cansativa, muito quente nessa época do ano. Sofria do coração. As dificuldades da jornada foram maiores do que imaginava e ela morreu de repente!

– Aqui em Amã?

– Não, lá em Petra. Trouxeram o corpo hoje para cá.

– Ah!

– Tudo muito natural. Perfeitamente possível. A coisa mais provável do mundo de acontecer. Só que...

– Só que...?

O coronel Carbury coçou a cabeça.

– Estou achando que a família a matou – disse.

– Sei. E por que acha isso?

O coronel Carbury não respondeu diretamente essa pergunta.

– Era uma velha insuportável, parece. Ninguém está sentindo sua perda. Ao que tudo indica, foi um alívio para todos. De qualquer forma, seria muito difícil provar alguma coisa, pois a família é muito unida e mentirá se for necessário. Não queremos nos meter em complicações ou constrangimentos internacionais. A melhor coisa a fazer é... deixar passar! Não há nada a investigar. Conheci um médico uma vez que me contou que suspeitava da morte prematura de alguns pacientes! *Ele* mesmo disse: a melhor coisa a fazer é deixar pra lá, a menos que você tenha algo concreto para investigar! Algo que não cheira bem, um caso não comprovado, uma negligência médica etc. Dá na mesma... – coçou de novo a careca – Sou um homem organizado – disse inesperadamente.

O nó na gravata do coronel Carbury estava embaixo de sua orelha esquerda, tinha as meias arriadas e o casaco manchado e amarrotado. Hercule Poirot, entretanto, não achou graça. Via, claramente, a organização da mente do coronel Carbury, que classificava cuidadosamente fatos e impressões.

– Sim, sou um homem organizado – disse Carbury, balançando a mão. – Não gosto de bagunça. Quando me deparo com uma confusão, quero logo esclarecer as coisas. Entende?

Hercule Poirot, sério, concordou. Dava para perceber.

– Não havia um médico lá? – perguntou.

– Sim, dois. Um deles estava com malária. O outro era uma moça, recém-formada. Mas imagino que conheça a profissão. A morte não apresentou nada de anormal. A velha tinha o coração fraco. Tomava remédio. Não surpreende que tenha tido um colapso repentino.

– Então o que o preocupa, meu amigo? – indagou Poirot com cordialidade.

O coronel Carbury fitou-o com seus olhos azuis agora conturbados.

– Ouviu falar de um francês chamado Gerard? Theodore Gerard.

– Sim. Um sujeito muito conhecido em sua área.

– Médico de cabeça – confirmou o coronel Carbury. – Não sei como um caso de paixão por uma babá aos quatro anos pode fazer alguém cismar que é o arcebispo de Canterbury aos 38. Mas esses psicanalistas explicam tudo de modo muito convincente.

– O dr. Gerard é sem dúvida uma autoridade em certas formas de neuroses profundas – concordou Poirot, com um sorriso. – Sua opinião sobre o que aconteceu em Petra é baseada nessa linha de pensamento?

O coronel Carbury discordou.

– Não. Se fosse, não teríamos nos preocupado! Não que eu não acredite que seja tudo verdade, veja bem. É uma dessas coisas que não entendo... como um dos meus colegas beduínos, que desce do carro em pleno deserto, sente a terra com a mão e é capaz de dizer onde estamos. Não é mágica, mas parece. Não, a história do dr. Gerard é bastante simples. Somente fatos. Acho... se estiver interessado... *está* interessado?

– Sim, estou.

– Que bom. Acho que vou ligar para o dr. Gerard e chamá-lo aqui. Assim, você poderá ouvir a história diretamente dele.

Enquanto esperavam o médico chegar, Poirot perguntou:

– Como é essa família?

– O nome é Boynton. Dois filhos, um deles casado com uma mulher muito bonita... do tipo quieta e sensível. E duas filhas, ambas muito bonitas, apesar de terem estilos totalmente diferentes. A mais nova é meio nervosa... mas pode ser apenas pelo choque.

– Boynton – repetiu Poirot. Suas sobrancelhas se levantaram. – Curioso... muito curioso.

Carbury fixou nele um olhar interrogativo. Mas como Poirot não disse mais nada, prosseguiu:

– Parece bastante óbvio que a mãe era uma peste! Tinha que ser sempre atendida e mantinha todo mundo escravizado. Controlava também o dinheiro. Ninguém tinha um tostão no bolso.

– Muito interessante. Já se sabe para quem ela deixou o dinheiro?

– Deixei escapar essa pergunta, por acaso, sabe como é que é. Será dividido igualmente entre eles.

Poirot sacudiu a cabeça. Perguntou:

– Na sua opinião, estão todos envolvidos?

– Não sei. É aí que está a dificuldade. Saber se foi um esforço conjunto ou a ideia brilhante de um dos membros... não sei. Talvez tudo não passe de desconfiança sem fundamento! O que importa é o seguinte: gostaria de ter sua opinião profissional. Aí vem o dr. Gerard.

Capítulo 2

O francês entrou com o passo rápido, mas não apressado. Ao cumprimentar o coronel Carbury, lançou um olhar curioso a Poirot. Carbury disse:

– Este é o sr. Hercule Poirot. Veio me visitar. Eu estava conversando com ele sobre o caso de Petra.

– É? – Os olhos rápidos de Gerard olharam Poirot de cima a baixo. – O sr. está interessado?

Hercule Poirot jogou as mãos para o alto.

– Estamos sempre interessados na nossa área.

– É verdade – concordou Gerard.

– Aceita um drinque? – ofereceu Carbury.

Serviu uísque com soda, colocou o copo perto de Gerard. Com a garrafa na mão, perguntou se Poirot queria também, mas o detetive recusou. O coronel Carbury largou a garrafa e aproximou sua cadeira.

– Bem, onde estávamos?

– Acho – disse Poirot a Gerard – que o coronel Carbury não está satisfeito.

Gerard fez um gesto expressivo.

– E isso – disse – é culpa minha! Posso estar errado. Lembre-se disso, coronel Carbury, posso estar totalmente errado.

Carbury soltou um grunhido.

– Conte os fatos a Poirot – disse.

O dr. Gerard começou por uma breve recapitulação dos acontecimentos anteriores à viagem a Petra. Fez um pequeno resumo dos diversos membros da família Boynton e descreveu a condição de tensão emocional em que se achavam.

Poirot ouvia com interesse.

Então, Gerard passou a contar sobre o que acontecera no primeiro dia em Petra, descrevendo como voltara para o acampamento.

– Estava com malária... do tipo cerebral – explicou. – Resolvi me tratar com uma injeção intravenosa de quinino. É o tratamento padrão.

Poirot acenou que entendia.

– Estava ardendo de febre. Mal consegui entrar na minha tenda. Não achei logo minha maleta de medicamentos, alguém havia mexido nas minhas coisas. Quando a encontrei, minha seringa hipodérmica havia sumido. Procurei-a por um tempo, acabei desistindo, tomei uma dose alta de quinino por via oral e despenquei na cama.

Fez uma pausa e continuou:

– A morte da sra. Boynton só foi descoberta depois que o sol se pôs. Devido à posição em que ela estava sentada e ao apoio que a cadeira dava ao corpo, não houve mudança em sua posição. Só quando um dos empregados foi chamá-la para jantar, às seis e meia, é que se notou algo de errado.

Explicou com detalhes a posição da caverna e a distância da grande tenda.

– A srta. King, médica qualificada, examinou o corpo. Não me chamou, porque sabia que eu estava com febre. Não havia nada a fazer, de qualquer forma. A sra. Boynton estava morta... e já fazia algum tempo.

Poirot perguntou em voz baixa:

– Quanto tempo exatamente?

Gerard respondeu devagar:

– Acho que a srta. King não prestou muita atenção nesse ponto. Não deve ter considerado importante.

– Sabemos, ao menos, quando ela foi vista viva pela última vez? – perguntou Poirot.

O coronel Carbury pigarreou e leu num papel, aparentemente um documento oficial.

– Lady Westholme e a srta. Pierce falaram com a sra. Boynton um pouco depois das quatro da tarde. Lennox Boynton falou com sua mãe por volta das quatro e meia. A sra. Lennox Boynton teve uma longa conversa com ela cinco minutos depois. Carol Boynton trocou algumas palavras com a mãe, mas não sei muito bem a hora. Pelo que disseram os outros, deve ter sido um pouco depois das cinco.

"Jefferson Cope, um amigo americano da família, voltando ao acampamento com lady Westholme e a srta. Pierce, viu a sra. Boynton dormindo. Ele não falou com ela. Isso foi às vinte para as seis, mais ou menos. Raymond Boynton, o filho mais novo, parece ter sido o último a vê-la viva. Na volta de um passeio, falou com ela, às dez para as seis, aproximadamente. A descoberta do corpo se deu às seis e meia, quando um empregado foi avisar que o jantar estava pronto."

– Entre a hora em que Raymond Boynton falou com ela e seis e meia ninguém esteve com ela? – quis saber Poirot.

– Acho que não.

– Mas alguém *pode* ter estado, não? – insistiu Poirot.

– Acho que não. Desde pouco antes das seis, havia muito movimento dos empregados pelo acampamento, e gente entrando e saindo das tendas. Segundo testemunhos, ninguém se aproximou da velha senhora.

– Então Raymond Boynton foi realmente a última pessoa a ver a mãe com vida? – perguntou Poirot.

O dr. Gerard e o coronel Carbury trocaram um rápido olhar. O coronel tamborilava na mesa com os dedos.

– É aí que começamos a mergulhar em águas profundas – disse. – Continue, Gerard. Este é o seu ponto.

– Como acabei de falar, Sarah King, ao examinar a sra. Boynton, não viu motivo para determinar a hora exata da morte. Disse simplesmente que a sra. Boynton estava morta "há algum tempo", mas quando no dia seguinte, por razões pessoais, querendo entender melhor, mencionei que a sra. Boynton tinha sido vista com vida pelo filho Raymond um pouco antes das seis, a srta. King, para minha surpresa, afirmou categoricamente que era impossível, e que naquela hora a sra. Boynton já devia estar morta.

Poirot franziu a testa.

– Estranho. Muito estranho. E o que o sr. Raymond Boynton diz a esse respeito?

O coronel Carbury disse de súbito:

– Ele jura que a mãe estava viva. Falou com ela: "Voltei. Espero que tenha tido uma tarde agradável", ou algo do gênero. Ela soltou um "tudo bem", e ele voltou para a tenda.

Poirot estava perplexo.

– Curioso – disse. – Muito curioso. Diga-me: estava escurecendo naquele momento?

– O sol estava se pondo.

– Estranho – repetiu Poirot. – E o senhor, dr. Gerard, quando viu o corpo?

– Só no dia seguinte. Às nove da manhã, precisamente.

– E a que horas o senhor estima que a morte ocorreu?

O francês encolheu os ombros.

– É difícil precisar. Deve haver necessariamente uma margem de várias horas. Se tivesse que prestar depoimento, só poderia dizer que a sra. Boynton estava morta há pelo menos doze horas e não mais do que dezoito. Não ajuda muito, não é?

– Prossiga, Gerard – disse o coronel Carbury. – Conte o resto.

– Quando acordei de manhã – disse o dr. Gerard –, encontrei minha seringa hipodérmica... estava atrás de uma caixa de vidros na minha mesinha de cabeceira.

Inclinou-se para frente.

– Vocês podem dizer que eu não olhei direito no dia anterior, devido ao meu estado miserável de febre e moleza, que me fazia tremer dos pés à cabeça. Podem dizer que é comum procurar e não encontrar alguma coisa que está bem na nossa cara! Mas posso garantir que a seringa *não* estava lá na véspera.

– Ainda tem outra coisa – disse Carbury.

– Sim, dois fatos muito valiosos. Havia uma marca no pulso da morta... uma marca de seringa hipodérmica. Sua filha, se posso dizer assim, explica como tendo sido causada por uma alfinetada.

Poirot inquietou-se.

– Qual filha?

– Carol.

– Sim, continue, por favor.

– E tem o último fato. Examinando minha maleta de medicamentos, percebi que meu estoque de digitoxina havia diminuído muito.

– Digitoxina – disse Poirot – é um veneno para o coração, não é?

– Sim. É obtida da *Digitalis purpurea*. Existem quatro princípios ativos: *digitalina*, *digitonina*, *digitaleína* e *digitoxina*. Desses, a *digitoxina* é considerado o veneno mais poderoso das folhas da digitalis. Segundo as experiências de Kopp, é seis vezes mais forte do que *digitalina* ou a *digitaleína*. Seu uso é permitido na França, mas não na farmacopeia britânica.

– E uma grande dose de digitoxina?

O dr. Gerard disse sério:

– Uma grande dose de digitoxina injetada de repente na circulação pode causar morte súbita por colapso cardíaco. Estima-se que a dosagem de quatro miligramas pode ser fatal para uma pessoa adulta.

– E a sra. Boynton já sofria do coração?

– Sim. Aliás, estava tomando um medicamento que continha digitalina.

– Muito interessante – disse Poirot.

– Quer dizer então – insinuou o coronel Carbury – que a morte pode ter sido causada por uma dose excessiva do seu próprio remédio?

– Sim. Mas não é só isso. De certa maneira – disse o dr. Gerard –, a digitalina pode ser considerada uma droga de efeito acumulativo. Além disso, quanto à aparência no *post-mortem*, os princípios ativos da digitalis podem destruir a vida sem deixar vestígio.

Poirot balançou a cabeça devagar.

– Sim, muito inteligente... muito inteligente. Quase impossível de provar perante um júri. Mas deixe-me dizer-lhes, senhores, que se foi assassinato, o assassino é muito esperto! A seringa recolocada no lugar, o veneno empregado, um veneno que a vítima já estava tomando... as possibilidades de um engano ou um acidente são enormes. Há um cérebro por trás disso. Há raciocínio, cuidado, talento.

Por um momento, ficou em silêncio. Depois, ergueu a cabeça.

– No entanto, uma coisa me intriga.

– O quê?

– O roubo da seringa.

– Alguém a levou – disparou o dr. Gerard.

– Levou e devolveu?

– Sim.

– Estranho – disse Poirot. – Muito estranho. Fora isso, tudo se encaixa tão bem...

O coronel Carbury olhou para ele com curiosidade.

– Qual a sua opinião como especialista? Foi assassinato ou não?

Poirot levantou a mão.

– Um momento. Ainda não chegamos a esse ponto. Ainda temos uma evidência a considerar.

– Que evidência? Já lhe contamos tudo.

– Ah, mas essa é a evidência *que eu, Hercule Poirot,* trago para vocês.

Balançou a cabeça e sorriu para os dois, atônitos.

– Sim, é engraçado! Eu, a quem vocês contam a história, apresentar-lhes um fato do qual vocês não têm conhecimento. Foi assim. No Hotel Solomon, uma noite, vou até a janela para me certificar de que estava fechada...

– Fechada... ou aberta? – perguntou Carbury.

– Fechada – disse Poirot com firmeza. – Estava aberta. Então, naturalmente, fui fechá-la. Mas antes disso, com a mão ainda no trinco, ouço uma voz, uma voz agradável, baixa e nítida, com um tremor nervoso. Digo a mim mesmo que reconhecerei se ouvi-la de novo. E o que diz a voz? "*Você entende que ela tem de ser assassinada, não entende?*" No momento, claro, não julguei que aquelas palavras se referissem a um assassinato de verdade. Imaginei que fosse um escritor ou um dramaturgo falando. Mas agora, *não tenho tanta certeza.* Ou seja, tenho certeza de que não foi nada disso.

Fez outra pausa antes de dizer:

– Senhores, uma coisa eu lhes digo: *salvo melhor juízo*, essas palavras foram ditas por um jovem que vi mais tarde na entrada no hotel e que se chamava, segundo me informaram quando perguntei, Raymond Boynton.

Capítulo 3

– Raymond Boynton disse isso!

A exclamação veio do francês.

– O senhor acha pouco provável, psicologicamente falando?

Gerard discordou com a cabeça.

– Não, não diria isso. Fiquei surpreso, sim. Fiquei surpreso apenas porque Raymond Boynton é justamente o suspeito.

O coronel Carbury suspirou.

"Esse pessoal da psicologia!", parecia dizer o suspiro.

– A questão é – murmurou –, o que faremos?

Gerard deu de ombros.

– Não vejo o que possamos fazer – confessou. – A evidência não é conclusiva. Você pode saber que um assassinato foi cometido, mas será difícil prová-lo.

– Entendo – disse o coronel Carbury. – Suspeitamos que um assassinato foi cometido e ficamos sentados sem fazer nada! Não me parece uma boa ideia! – E acrescentou, como que extenuado, sua afirmação anterior: – Sou um homem organizado.

– Eu sei, eu sei – Poirot concordou de modo simpático. – O senhor gostaria de esclarecer tudo isso. Gostaria de saber exatamente como tudo aconteceu. E o dr. Gerard diz que não há nada a fazer, que a evidência não é conclusiva. É provável que seja verdade. Mas o senhor ficaria satisfeito deixando a questão assim?

– Ela não fará falta – disse Gerard, lentamente. – De qualquer forma, poderia morrer em pouco tempo... uma semana... um mês... um ano.

– Então o senhor está satisfeito? – insistiu Poirot.

Gerard continuou:

– Não há dúvida de que sua morte foi... como dizer?... benéfica para a comunidade. Trouxe liberdade para a família. Eles terão espaço para se desenvolver... todos têm, a meu ver, bom caráter e inteligência. Agora serão membros úteis de uma sociedade! A morte da sra. Boynton, em minha opinião, foi boa em todos os sentidos.

Poirot repetiu a pergunta pela terceira vez:

– Então o senhor está satisfeito?

– Não – Gerard deu um murro na mesa. – *Não* estou "satisfeito", como o senhor diz! É da minha natureza preservar a vida... não apressar a morte. Portanto, embora o meu consciente diga que a morte dessa senhora foi uma coisa boa, meu inconsciente se rebela contra isso! *Não está certo, senhores, que um ser humano morra antes de chegar a sua hora.*

Poirot sorriu. Recostou-se contente com a resposta pela qual esperara com tanta paciência.

O coronel Carbury comentou sem emoção:

– Ele não gosta de assassinatos! Está certo! Também não gosto.

Levantou-se e preparou uma boa dose de uísque com soda. Os copos de seus convidados ainda estavam cheios.

– E agora – disse, retomando o assunto – voltemos aos detalhes práticos. *O que podemos fazer?* Não gostamos disso... não! Mas talvez tenhamos que aceitar o que não dá para mudar.

Gerard inclinou-se para a frente.

– Qual a sua opinião profissional, sr. Poirot? O senhor é o especialista aqui.

Poirot levou um tempo para responder. Metódico, arrumou um ou dois cinzeiros e fez uma pequena pilha de fósforos usados. Depois disse:

– O senhor quer saber *quem matou a sra. Boynton*, não, coronel? Se é que ela *foi* assassinada e não tenha morrido de morte natural. Quer saber exatamente *como* e *quando* foi assassinada... ou seja, toda a verdade.

– Gostaria de saber, sim – retrucou Carbury, sem emoção.

Hercule Poirot disse devagar:

– Não vejo razão para que não o saiba.

O dr. Gerard parecia incrédulo e o coronel Carbury, interessado.

– Não? – disse. – Interessante. E como faremos?

– Podemos realizar uma reavaliação metódica das evidências, por um processo de raciocínio.

– Gosto da ideia – comentou o coronel Carbury.

– E um estudo das possibilidades psicológicas.

– O dr. Gerard também deve estar gostando, imagino – disse Carbury. – E depois disso... depois de reavaliar as evidências, raciocinar e mexer nos aspectos psicológicos da trama... pronto!... o senhor acha que pode tirar um coelho da cartola?

– Ficaria muito espantado se não conseguisse – respondeu Poirot com calma.

O coronel Carbury olhou-o fixamente por cima do copo. Por um momento, aqueles olhos vagos já não eram vagos... mediam... avaliavam.

Largou o uísque com um grunhido.

– O que o senhor acha, dr. Gerard?

– Confesso que sou cético quanto ao sucesso... Sei que o sr. Poirot tem grandes poderes.

– Tenho talento, sim – disse o pequeno homem. Sorriu com modéstia.

O coronel Carbury virou a cabeça e tossiu.

Poirot explicou:

– A primeira coisa a considerar é se esse assassinato é um ato em conjunto... planejado e levado a cabo pela família Boynton... ou se é o trabalho de um só membro. Nesse último caso, devemos determinar quem é o membro mais inclinado a fazer isso.

O dr. Gerard disse:

– Temos a sua própria evidência. O principal suspeito, me parece, é Raymond Boynton.

– Concordo – disse Poirot. – As palavras que ouvi sem querer e a discrepância entre seu álibi e o da jovem médica o colocam como um dos principais suspeitos.

– Ele foi a última pessoa a ver a sra. Boynton viva, segundo ele mesmo contou. Sarah King o desmente. Diga-me, dr. Gerard, será que... como dizer?... será que não existe uma certa *ternura*, digamos, entre eles?

O francês concordou:

– Com certeza!

– Ah! É aquela jovem morena de cabelo comprido, grandes olhos castanho-claros e um jeito muito decidido?

O dr. Gerard parecia surpreso.

– Sim, exatamente.

– Acho que a vi, no Hotel Solomon. Falou com Raymond Boynton e depois ficou *planté là*, como num sonho, bloqueando a saída do elevador. Tive que pedir "licença" três vezes para ela me ouvir e sair da frente.

Permaneceu alguns momentos pensando e concluiu:

– Então, antes de mais nada, aceitaremos o depoimento médico da srta. Sarah King, com algumas reservas. – Fez uma pausa e continuou: – Diga-me, dr. Gerard, o senhor acha que Raymond Boynton é de temperamento que o levasse a cometer um assassinato?

Gerard respondeu lentamente:

– O senhor quer dizer um assassinato planejado? Sim, acho que seria possível... mas somente sob condições de grande tensão emocional.

– E essas condições existiam?

– Sim. Essa viagem para o exterior sem dúvida aumentou a tensão nervosa e mental de todas aquelas pessoas. O contraste entre a vida deles e a vida dos companheiros de viagem tornou-se mais evidente. E no caso de Raymond Boynton...

– Sim?

– Havia uma complicação extra por conta da forte atração pela srta. King.

– Isso lhe daria um motivo adicional? E um estímulo a mais?

– Exato.

O coronel Carbury tossiu.

– Gostaria de chamar a atenção para um ponto. A frase que o senhor ouviu, "*Você entende que ela tem de ser assassinada, não entende?*" foi dita para alguém.

– Uma boa questão – disse Poirot. – Não me esqueci disso. Sim, com quem Raymond Boynton estava falando? Sem dúvida, com um membro da família. Mas quem? Poderia nos falar, doutor, sobre a condição mental dos outros membros da família?

Gerard respondeu prontamente:

– Carol Boynton achava-se, diria eu, no mesmo estado de Raymond, um estado de rebelião acompanhado de grande agitação, mas que no caso dela não se complicava pela introdução do fator sexo. Lennox Boynton já havia passado do estágio de revolta. Estava afundado na apatia. Tinha dificuldade de se concentrar, creio eu. Sua forma de reagir ao mundo foi fechar-se cada vez mais em si mesmo. Uma pessoa introvertida.

– E sua mulher?

– A mulher, apesar de cansada e infeliz, não demonstrava sinais de conflito mental. Estava, creio, hesitante, à beira de tomar uma decisão.

– Que decisão?

– Deixar ou não o marido.

Repetiu a conversa que tivera com Jefferson Cope. Poirot concordou com a cabeça.

– E a menina mais nova... chama-se Ginevra, não?

O rosto do francês ficou sério.

– Eu diria que ela está num estado mental extremamente perigoso. Já começou a demonstrar sintomas de esquizofrenia. Incapaz de suportar a frustração da vida, está fugindo para um reino de fantasia. Tem mania de perseguição, ou seja, afirma que é da realeza e que corre perigo, que está cercada de inimigos... essas coisas!

– E isso é perigoso?

– Muito. É o começo do que chamamos de "mania homicida". O doente mata, não pelo desejo de matar, mas como *autodefesa.* Mata para não ser morto. Do ponto de vista dele, é perfeitamente lógico.

– Então o senhor acha que Ginevra Boynton pode ter matado a mãe?

– Sim, mas duvido que tivesse a capacidade de cometer o assassinato da forma como foi feito. A astúcia nesse tipo de mania em geral é muito simples e óbvia. Tenho quase certeza de que ela teria escolhido um método mais impressionante.

– Mas ela pode ser considerada *suspeita*? – insistiu Poirot.

– Sim – respondeu Gerard. – E depois... quando ocorreu o crime? *Acredita que o resto da família saiba quem é o assassino ou assassina?*

– Eles sabem! – exclamou o coronel Carbury inesperadamente. – Reconheço quando um grupo de pessoas está escondendo alguma coisa! Eles estão escondendo algo, sim, com certeza.

– Faremos eles nos contarem o que é – disse Poirot.

– Por meio de investigação? – perguntou o coronel Carbury.

– Não – respondeu Poirot. – Apenas conversa comum. De um modo geral, as pessoas contam a verdade. Porque é mais fácil! Porque força menos a capacidade inventiva! Você pode dizer uma mentira, duas, três, ou até quatro... *mas não dá para mentir o tempo todo.* Em algum momento, a verdade acaba aparecendo.

– Tem razão – concordou Carbury.

Depois perguntou diretamente:

– O senhor falará com eles, não? Isso significa que deseja assumir o caso.

Poirot abaixou a cabeça.

– Sejamos bem claros – disse. – O que vocês pedem e eu me proponho a oferecer é a verdade. Mas não se esqueçam: mesmo que tenhamos a verdade, talvez não haja *provas.* Ou seja, provas que possam ser aceitas legalmente. Entendem?

– Claro – disse Carbury. – Depois que o senhor tiver descoberto o que de fato aconteceu, caberá a mim decidir se é possível agir ou não, levando em conta as relações internacionais. De qualquer forma, o caso será esclarecido, sem confusão. Não gosto de confusão.

Poirot sorriu.

– Mais uma coisa – disse Carbury. – Não temos muito tempo. Não posso deter essas pessoas aqui indefinidamente.

Poirot afirmou, tranquilo:

– Detenha-os por 24 horas. Amanhã à noite terá a verdade.

O coronel Carbury fitou-o.

– O senhor está muito confiante, não? – perguntou.

– Conheço minhas habilidades – murmurou Poirot.

Sentindo-se desconfortável com essa atitude pouco britânica, o coronel Carbury desviou o olhar e cofiou o bigode desalinhado.

– Bem – disse –, o senhor é quem sabe.

– Se conseguir, meu amigo – disse o dr. Gerard –, o senhor é realmente espetacular!

Capítulo 4

Sarah King olhou longa e curiosamente para Hercule Poirot. Observou a cabeça ovalada, os bigodes enormes, a aparência de dândi e o pretume suspeito do cabelo. Uma dúvida passou por seus olhos.

– Bem, mademoiselle, está satisfeita?

Sarah corou ao encontrar o brilho irônico de seu olhar.

– O que disse? – perguntou meio sem graça.

– Para usar uma expressão que aprendi recentemente, a senhorita me examinou "dos pés à cabeça", não?

Sarah sorriu.

– De qualquer forma, pode fazer o mesmo comigo – disse.

– Com certeza. Já fiz.

Sarah voltou a fitá-lo. Havia algo de impressionante no tom de sua voz. Mas como Poirot mexia complacentemente no bigode, ela pensou (pela segunda vez): "Esse homem é um charlatão".

Readquirindo a autoconfiança, sentou-se melhor e disse:

– Acho que não estou entendendo direito o objetivo desta entrevista.

– O querido dr. Gerard não explicou?

Sarah franziu a testa e confessou:

– Não entendo o dr. Gerard. Ele parece achar...

– Há algo de podre no reino da Dinamarca – citou Poirot. – Viu, conheço o Shakespeare de vocês.

– Por que toda essa confusão? – indagou, ignorando a citação de Shakespeare.

– *Eh bien*, queremos saber a verdade sobre esse caso, não queremos?

– Está falando da morte da sra. Boynton?

– Sim.

– Não é fazer tempestade num copo d'água? O senhor, sem dúvida, é um especialista, sr. Poirot. É natural que...

Poirot completou a frase:

– ...que eu suspeite que haja um crime sempre que houver um boa desculpa para isso, não?

– Bem... sim... talvez.

– A senhorita não tem dúvidas a respeito da morte da sra. Boynton?

Sarah deu de ombros.

– Na verdade. sr. Poirot, se o senhor estivesse em Petra, entenderia que a viagem foi um pouco cansativa para uma velha com problemas cardíacos.

– Parece-lhe, então, um assunto resolvido?

– Sim. Não entendo a atitude do dr. Gerard. Ele nem tomou conhecimento de nada do que aconteceu. Estava com febre. Eu não contestaria seu conhecimento médico, naturalmente... mas nesse caso ele não estava envolvido. Imagino que possam mandar fazer uma autópsia se quiserem... se não estiverem satisfeitos com o meu veredito.

Poirot fez silêncio por um momento e depois disse:

– Existe um fato, srta. King, que a senhorita ainda não sabe. O dr. Gerard não lhe contou.

– Que fato? – indagou Sarah.

– Um remédio, digitoxina, desapareceu da maleta de viagem dele.

– Oh! – Sarah considerou imediatamente a inclusão desse novo aspecto no caso, mas levantou logo uma questão.

– O dr. Gerard tem certeza disso?

Poirot encolheu os ombros.

– Um médico, como deve saber, mademoiselle, é normalmente muito cuidadoso ao fazer essas afirmações.

– Claro. Isso é óbvio. Mas o dr. Gerard estava com malária.

– É verdade.

– Ele tem alguma ideia de quando a digitoxina foi roubada?

– Ele teve oportunidade de verificar o conteúdo de sua maleta na noite em que chegou a Petra. Precisava de fenacetina, para a dor de cabeça. Quando recolocou a fenacetina no lugar na manhã seguinte e fechou a maleta, tinha quase certeza de que todos os remédios estavam ali.

– Quase... – disse Sarah.

Poirot deu de ombros.

– Sim, existe uma dúvida! A dúvida que qualquer homem honesto teria.

Sarah concordou.

– Eu sei. Sempre desconfiamos de quem tem certeza *absoluta*. Mas, de qualquer maneira, sr. Poirot, a evidência é insuficiente. Acho...

Fez uma pausa. Poirot continuou a frase:

– ...que é imprudente uma investigação da minha parte!

Sarah olhou-o diretamente no rosto.

– Para ser sincera, sim. Tem certeza, sr. Poirot, que este não é um caso de ter prazer pelo sofrimento alheio?

Poirot sorriu.

– A vida privada de uma família conturbada para que Hercule Poirot possa se divertir um pouco brincando de detetive?

– Não queria ofendê-lo, mas não é um pouco isso?

– A senhorita, então, está do lado da *famille* Boynton?

– Acho que sim. Eles já sofreram muito. Não deviam sofrer mais.

– E *la maman* era desagradável, tirânica, decididamente melhor morta do que viva. Isso também é verdade?

– Colocando a questão dessa maneira... – Sarah fez uma pausa, enrubesceu e prosseguiu: – Não devemos levar isso em consideração.

– Mas levamos! Quer dizer, *a senhorita*, não eu! Para mim, dá no mesmo. A vítima pode ser um dos santos do Senhor... ou, ao contrário, um monstro da maldade. Não faz diferença. O fato é o mesmo. Uma vida... roubada! Digo sempre: sou contra homicídios.

– Homicídio? – Sarah prendeu a respiração. – Mas que prova existe disso? A menos conclusiva possível! Nem o dr. Gerard pode ter certeza!

Poirot disse com calma:

– Mas existe outra evidência, mademoiselle.

– Que evidência? – perguntou Sarah, numa voz aguda.

– *A marca de uma picada de agulha hipodérmica no pulso da mulher morta.* E mais: *algumas palavras que ouvi sem querer em Jerusalém*, numa noite clara e tranquila, quando fui fechar a janela do meu quarto. Quer saber que palavras eram essas, srta. King? Ouvi o sr. Raymond Boynton dizer: "*Você entende que ela tem de ser assassinada, não entende?*".

Poirot viu o rosto de Sarah empalidecer na hora.

– *O senhor ouviu isso?* – perguntou ela.

– Sim.

A jovem ficou olhando fixamente para a frente. Depois disse:

– Logo o senhor!

Ele concordou.

– Pois é, logo eu. Essas coisas acontecem. Entende agora por que me parece necessário investigar?

Sarah disse, de modo tranquilo:

– Tem razão.

– Ah! E a senhorita vai me ajudar?

– Sem dúvida.

O tom de voz era casual, sem emoção. Seus olhos frios encontraram os dele.

Poirot abaixou a cabeça.

– Obrigado, mademoiselle. Queria lhe pedir agora que me contasse, com suas próprias palavras, exatamente o que se lembra daquele dia.

Sarah ficou pensativa por um tempo.

– Deixe-me ver. Saí para uma excursão de manhã. Nenhum dos Boynton veio conosco. Vi-os na hora do almoço. Estavam terminando quando chegamos. A sra. Boynton pareceu-me especialmente de bom humor.

– Ela não era muito simpática normalmente, certo?

– Nem um pouco – disse Sarah com uma ligeira careta.

Depois, descreveu como a sra. Boynton dispensara a companhia da família.

– Isso também foi fora do comum?

– Sim. Em geral, mantinha todos à sua volta.

– Acha que talvez tenha sentido um remorso repentino, que tenha tido o que se chama *un bon moment*?

– Não – respondeu Sarah, bem direta.

– O que acha, então?

– Fiquei intrigada. Parecia-me algo do tipo gato e rato.

– Poderia explicar melhor, mademoiselle?

– Um gato gosta de deixar o rato fugir, para depois apanhá-lo de volta. A sra. Boynton tinha esse tipo de mentalidade. Achei que estivesse tramando alguma nova maldade.

– O que aconteceu depois?

– Os Boynton saíram...

– Todos?

– Não, a filha mais nova, Ginevra, ficou. Tinha recebido ordem de descansar.

– E era o que ela queria?

– Não. Mas isso não importava. Ela fazia o que lhe diziam para fazer. Os outros partiram. O dr. Gerard e eu fomos juntos...

– A que horas foi isso?

– Às três e meia, mais ou menos.

– Onde a sra. Boynton estava nesse momento?

– Nadine, a jovem sra. Boynton, a colocara em sua cadeira, fora da caverna.

– Sei.

– Quando chegamos a uma curva do caminho, o dr. Gerard e eu alcançamos os outros. Caminhamos juntos a partir desse ponto. Um pouco depois, o dr. Gerard resolveu voltar ao hotel. Sentia-se estranho há algum tempo. Vi que tinha febre. Quis voltar com ele, mas ele não deixou.

– A que horas foi isso?

– Às quatro, mais ou menos.

– E o resto do grupo?

– Continuamos.

– Estavam todos juntos?

– No início, sim. Depois nos dividimos. – Sarah emendou depressa, como prevendo a próxima pergunta: – Nadine Boynton e o sr. Cope foram por um lado, Carol, Lennox, Raymond e eu fomos por outro.

– E continuaram assim?

– Na verdade, não. Raymond Boynton e eu nos separamos dos outros. Sentamo-nos numa pedra e admiramos a imensidão da paisagem. Depois ele foi embora, e fiquei lá mais um tempo. Eram mais ou menos cinco e meia quando olhei o relógio e achei melhor voltar. Cheguei ao acampamento às seis horas. O sol estava se pondo.

– A senhorita passou pela sra. Boynton no caminho?

– Reparei que ela ainda estava em sua cadeira, quieta.

– Não achou estranho... que ela não se mexesse?

– Não, porque já a tinha visto sentada da mesma maneira na noite anterior quando chegamos.

– Entendi. *Continuez.*

– Fui para a tenda principal. Estavam todos lá, menos o dr. Gerard. Tomei um banho e voltei. Trouxeram o jantar, e um dos empregados foi chamar a sra. Boynton. Voltou correndo para dizer que ela estava doente. Fui lá depressa. A sra. Boynton estava sentada na sua cadeira, exatamente como antes, mas assim que a toquei vi que estava morta.

– A senhorita não teve dúvida quanto ao fato de sua morte ter sido natural?

– Não, nenhuma. Eu sabia que ela tinha problemas cardíacos, apesar de nenhuma doença específica ter sido mencionada.

– Simplesmente achou que havia morrido sentada em sua cadeira?

– Sim.

– Sem pedir ajuda?

– Sim. Às vezes acontece assim. Talvez tivesse morrido enquanto dormia. Parecia isso. De qualquer forma, todo mundo no acampamento dormiu grande parte da tarde. Ninguém teria ouvido seu chamado, a não ser que ela gritasse muito alto.

– Tem alguma ideia do tempo em que já estaria morta?

– Bem, na hora não pensei muito nisso. Estava morta há um bom tempo, com certeza.

– O que chama "um bom tempo"? – perguntou Poirot.

– Bem... mais de uma hora. E pode ter sido muito mais. A refração de calor da rocha poderia ter evitado que seu corpo esfriasse rápido.

– Mais de uma hora? A senhorita sabe que Raymond Boynton falou com ela pouco mais de meia hora antes, e que ela então estava viva e bem-disposta?

Os olhos de Sarah desviaram-se dos olhos de Poirot. Sarah balançou a cabeça.

– Ele pode ter se enganado. Deve ter sido mais cedo.

– Não, mademoiselle, não foi.

Fitou-o. Ele notou mais uma vez a linha firme de sua boca.

– Bem – disse Sarah –, sou jovem e não tenho muita experiência em relação a cadáveres... mas sei o suficiente para ter certeza de uma coisa: a sra. Boynton estava morta há *pelo menos* uma hora quando examinei o corpo!

– Essa – disse Hercule Poirot inesperadamente – é a sua versão, e você vai mantê-la! Poderia explicar *por que* o sr. Boynton diria que sua mãe estava viva, quando na verdade já estava morta?

– Não faço a mínima ideia – disse Sarah. – São todos muito vagos em relação a horário! Uma família muito nervosa.

– Quantas vezes você falou com eles?

Sarah fez silêncio por um momento, franzindo a testa.

– Posso lhe dizer exatamente – afirmou. – Conversei com Raymond Boynton no corredor do trem a caminho de Jerusalém. Tive duas conversas com Carol Boynton, uma na Mesquita de Omar e uma naquela mesma noite, mais tarde, no meu quarto. Tive uma conversa com o sr. Lennox Boynton na manhã seguinte. Foi isso, até o dia da morte da sra. Boynton, quando todos saímos juntos.

– A senhorita chegou a conversar com a sra. Boynton?

Sarah corou, meio sem jeito.

– Sim. Troquei algumas palavras com ela no dia em que foi embora de Jerusalém. – Fez uma pausa e depois soltou: – Na verdade, fiz papel de tola.

– Hã?

A interrogação fora tão enfática que, mesmo contra a vontade, Sarah teve de explicar o que acontecera.

Poirot parecia interessado e interrogou-a detalhadamente.

– A mentalidade da sra. Boynton é muito importante nesse caso – disse. – E a senhorita é uma pessoa de fora, uma observadora imparcial. Por isso sua opinião sobre ela é tão importante.

Sarah não respondeu. Sentia-se sem graça quando pensava naquele encontro.

– Obrigado, mademoiselle – disse Poirot. – Vou conversar agora com as outras testemunhas.

Sarah levantou-se.

– Desculpe-me, sr. Poirot, mas gostaria de dar uma sugestão...

– Claro, claro.

– Por que não adiar tudo isso até a autópsia, que comprovará se suas suspeitas se justificam ou não? De outro modo, me parece que estamos colocando a carroça na frente dos bois.

Poirot fez um gesto grandiloquente com a mão.

– Este é o método de Hercule Poirot – declarou.

Apertando os lábios, Sarah deixou a sala.

Capítulo 5

Lady Westholme entrou na sala com a segurança de um transatlântico ancorando.

A srta. Amabel Pierce, como uma embarcação qualquer seguindo outra mais importante, sentou-se numa cadeira mais recuada.

– Certamente, sr. Poirot – disse lady Westholme. – Ficarei feliz de ajudar no que puder. Sempre considerei que em tais casos temos um dever público a ser cumprido...

Quando o dever público de lady Westholme abriu espaço, Poirot foi hábil o suficiente para lhe fazer a primeira pergunta.

– Lembro-me em detalhes do que aconteceu naquela tarde – respondeu lady Westholme. – A srta. Pierce e eu faremos tudo para ajudá-lo.

– Claro – suspirou a srta. Pierce, extasiada. – Tão trágico, não? Morrer... assim... num piscar de olhos!

– Podem me contar exatamente o que aconteceu na tarde em questão?

– Certamente – disse lady Westholme. – Depois de almoçar, resolvi tirar uma sesta. A excursão da manhã tinha sido meio fatigante. Não que eu me sentisse de fato cansada... raramente me canso. Não sei o que é fadiga. É tão comum na vida pública...

De novo, ouviu-se um murmúrio de compreensão de Poirot.

– Como dizia, propus uma sesta. A srta. Pierce concordou comigo.

– Ah, sim – suspirou a srta. Pierce. – E eu estava *terrivelmente* cansada depois da excursão. Uma subida tão *perigosa*... e, embora interessante, *muito* cansativa. Não sou *tão* forte quanto lady Westholme.

– A fadiga – disse lady Westholme – pode ser superada como qualquer outra coisa. Faço questão de nunca me render às imposições do corpo.

Poirot perguntou:

– Depois do almoço, então, as senhoras foram para suas tendas?

– Sim.

– A sra. Boynton estava sentada na entrada da caverna nesse momento?

– Sua nora ajudou-a antes de retirar-se.

– As duas conseguiram vê-la?

– Sim – respondeu a srta. Pierce. – Ela estava em frente... apenas um pouco acima.

Lady Westholme explicou melhor.

– As cavernas se abriam para uma rampa. Embaixo, havia algumas tendas. Há um pequeno riacho, e do outro lado, a tenda principal e outras tendas. A srta. Pierce e eu estávamos em tendas perto da principal. Ela estava no lado direito e eu no lado esquerdo. A abertura de nossas tendas dava para a rampa, mas, claro, um pouco distante dela.

– A uns duzentos metros?

– É possível.

– Tenho uma planta aqui – disse Poirot – elaborada com a ajuda do guia, Mahmoud.

Lady Westholme observou logo que, então, a planta deveria estar errada!

– Esse sujeito é muito impreciso. Comparei as informações dele com o meu guia de viagens, e muitas vezes os dados não batiam.

– De acordo com a minha planta – disse Poirot –, a tenda seguinte à da sra. Boynton era ocupada por seu filho, Lennox, com a mulher. Raymond, Carol e Ginevra Boynton tinham tendas logo abaixo, mas um pouco mais para a direita... aliás, quase do lado oposto. À direita de Ginevra, ficava a tenda do dr. Gerard, e novamente ao lado desta, a tenda da srta. King. Do outro lado do riacho, perto da tenda principal à esquerda, estavam a sua tenda e a tenda do sr. Cope. A tenda da srta. Pierce, como foi dito, ficava do lado direito da tenda principal. Certo?

Lady Westholme teve que admitir, a contragosto, que sim.

– Obrigado. Está tudo claro. Por favor, continue, lady Westholme.

Lady Westholme sorriu com simpatia e continuou:

– Às quinze para as quatro, mais ou menos, fui até a tenda da srta. Pierce para ver se ela estava acordada e se queria dar uma volta. Ela estava na entrada da tenda, lendo. Combinamos de sair meia hora depois, quando o sol já estivesse mais fraco. Voltei para a minha tenda e li por uns 25 minutos. Depois fui me encontrar com a srta. Pierce. Ela já estava pronta, e saímos logo. Todos dormiam no acampamento... não havia ninguém por perto. Ao ver a sra. Boynton sentada lá sozinha, sugeri à srta. Pierce que fôssemos lhe perguntar se ela estava precisando de alguma coisa antes de partir.

– É verdade. Achei *muito* cuidadoso da sua parte – comentou a srta. Pierce.

– Senti que era meu dever – disse lady Westholme, com grande complacência.

– E ela foi tão grosseira conosco! – exclamou a srta. Pierce.

Poirot olhou-a com curiosidade.

– Nosso caminho passa por onde ela estava – explicou lady Westholme – e chamei-a, dizendo que íamos dar uma volta. Perguntei se precisava de alguma coisa. Sabe, sr. Poirot, a única resposta que tivemos foi um *grunhido*! Um grunhido! Ela olhou-nos como se estivéssemos sujas!

– Foi muito desagradável! – comentou a srta. Pierce, enrubescendo.

– Devo confessar – continuou lady Westholme, corando também – que fiz um comentário um pouco maldoso no momento.

– Fez muito bem – apoiou a srta. Pierce. – *Muito*... naquele contexto.

– Qual foi o comentário? – indagou Poirot.

– Comentei com a srta. Pierce que talvez ela estivesse *bêbada*! Ela estava *realmente* muito estranha. Como sempre, na verdade. Achei que pudesse ser por causa de bebida. Conheço bem os malefícios do vício do álcool...

Habilmente, Poirot desviou a conversa do tema bebida.

– Ela estava especialmente estranha naquele dia? Na hora do almoço, por exemplo?

– Não – respondeu lady Westholme, lembrando. – Não. Diria que seus modos eram quase normais... para uma americana daquele tipo, veja bem – acrescentou de maneira condescendente.

– Maltratou o empregado – disse a srta. Pierce.

– Qual deles?

– Um pouco antes de sairmos.

– Ah, sim! Agora estou me lembrando. Ela parecia *realmente* irritada com o rapaz! Claro – continuou lady Westholme –, ter empregados que não falam inglês é irritante mesmo, mas quando estamos viajando temos que abrir mão de algumas coisas.

– Qual era o empregado?

– Um dos beduínos contratados para o acampamento. Foi falar com ela... acho que ela deve ter pedido algo e ele trouxe a coisa errada... não sei direito o que era... mas ela ficou muito zangada. O pobre coitado saiu correndo o mais rápido que pôde. A velha levantou a bengala e gritou com ele.

– O que ela gritou?

– Estávamos muito longe para ouvir. Eu, pelo menos, não consegui ouvir muito bem. Você conseguiu, srta. Pierce?

– Não. Acho que ela queria que ele pegasse alguma coisa na tenda de sua filha mais nova... ou talvez ela estivesse irritada por ele ter ido até a tenda da menina... não sei ao certo.

– Como ele era?

A srta. Pierce, a quem a pergunta era dirigida, sacudiu a cabeça vagamente.

– Não sei dizer. Ele estava muito afastado. E todos esses árabes são muito parecidos.

– Era um homem de altura acima da média – disse lady Westholme – e usava aquele turbante típico dos nativos. Estava com a roupa bastante surrada, as calças remendadas, caneleiras sujas... um horror! Esses homens precisam de *disciplina*!

– A senhora conseguiria distingui-lo entre os empregados do acampamento?

– Acho que não. Não vimos seu rosto... Estávamos muito distantes. E, como a srta. Pierce disse, todos esses árabes se parecem.

– Fiquei pensando aqui – disse Poirot –, o que teria irritado tanto a sra. Boynton?

– Eles são muito irritantes mesmo, às vezes – disse lady Westholme. – Um deles levou meus sapatos, embora eu tivesse lhe explicado, com gestos, que eu mesma preferia limpá-los.

– Faço sempre isso também – comentou Poirot, distraído por um momento do interrogatório. – Levo para todos os lugares meu material de engraxar sapatos. E um paninho.

– Eu também – lady Westholme pareceu mais humana.

– Porque esses árabes não tiram a poeira das coisas...

– Nunca! Precisamos limpar nossas coisas três, quatro vezes por dia...

– Mas vale a pena.

– Sim. Não SUPORTO sujeira!

Lady Westholme parecia concordar com extrema convicção. Acrescentou com ênfase:

– As moscas nos bazares... que horror!

– Bem – disse Poirot, com ar de ligeira culpa. – Logo perguntaremos a esse sujeito o que foi que irritou tanto a sra. Boynton. Mas continue com a sua história.

– Saímos andando devagar – contou lady Westholme. – E encontramos o dr. Gerard. Caminhava com dificuldade e parecia muito doente. Vi logo que estava com febre.

– O coitado tremia – acrescentou a srta. Pierce. – Tremia todo.

– Percebi que ele estava com malária – disse lady Westholme. – Ofereci-me para voltar com ele e dar-lhe quinino, mas ele me disse que tinha seu próprio estoque.

– Coitado – disse a srta. Pierce. – Acho tão apavorante ver um médico doente. Parece errado.

– Fomos passear – prosseguiu lady Westholme. – Depois, nos sentamos numa pedra.

A srta. Pierce disse em voz baixa:

– Também... estávamos exaustas da excursão da manhã... a subida...

– Nunca me canso – afirmou lady Westholme. – Mas

na verdade não havia por que seguir em frente. Tínhamos uma vista linda da paisagem dali.

– Estavam fora da vista do acampamento?

– Não, estávamos viradas para ele.

– Tão romântico – murmurou a srta. Pierce. – O acampamento no meio de uma imensidão de rochas vermelhas.

Suspirou e balançou a cabeça.

– Esse acampamento poderia ser muito melhor administrado – disse lady Westholme, com as grandes narinas dilatadas. – Vou dizer isso à Castle. Acho que a água que bebemos não é fervida nem filtrada. Deveria ser. Vou chamar a atenção para isso.

Poirot tossiu e desviou a conversa do tema água potável.

– As senhoras viram outros membros do grupo? – perguntou.

– Sim. O filho mais velho da sra. Boynton e sua mulher passaram por nós quando voltavam para o acampamento.

– Estavam juntos?

– Não, o sr. Boynton ia na frente. Parecia ligeiramente tonto, como que sofrendo de insolação.

– A parte de trás do pescoço – comentou a srta. Pierce. – *Precisamos* proteger a parte de trás do pescoço! Eu sempre uso um lenço de seda grosso.

– O que o sr. Lennox Boynton fez quando voltou ao acampamento? – indagou Poirot.

Pela primeira vez, a srta. Pierce conseguiu responder antes de lady Westholme.

– Foi direto falar com a mãe, mas não ficou muito tempo com ela.

– Quanto tempo?

– Um ou dois minutos.

– Diria que não passou de um minuto – disse lady Westholme. – Depois foi para sua caverna e finalmente desceu para a tenda principal.

– E a mulher?

– Apareceu uns quinze minutos depois. Parou um pouco para falar conosco... de maneira muito educada.

– Ela é muito simpática – comentou a srta. Pierce. – Muito legal mesmo.

– Não é tão insuportável quanto o resto da família – concordou lady Westholme.

– Viram-na voltar ao acampamento?

– Sim. Ela subiu para falar com a sogra. Depois, entrou em sua caverna, pegou uma cadeira e ficou conversando sentada ao lado dela... uns dez minutos, eu diria.

– E depois?

– Depois, levou a cadeira de volta para a caverna e desceu para a tenda principal, onde estava o marido.

– E então?

– Aquele americano muito peculiar apareceu – contou lady Westholme. – Cope, acho que se chama. Contou-nos que havia um belo exemplo de arquitetura antiga pouco adiante, no vale. Disse que não podíamos perder. Fomos até lá. O sr. Cope tinha um artigo muito interessante sobre Petra e os nabateus.

– Foi tudo *muito* instigante – declarou a srta. Pierce.

Lady Westholme continuou:

– Já eram vinte para as seis quando voltamos ao acampamento. Estava ficando frio.

– A sra. Boynton ainda estava sentada no mesmo lugar?

– Sim.

– Falaram com ela?

– Não. Para falar a verdade, mal notei sua presença.

– E o que fizeram depois?

– Fui para a minha tenda, troquei de sapato e peguei meu pacote de chá da China. Depois, fui até a tenda principal. O guia estava lá, e lhe pedi que preparasse um chá para mim e para a srta. Pierce, mas que prestasse atenção e deixasse a água ferver bem. Ele nos avisou que o jantar estaria pronto em meia hora... os empregados estavam colocando a mesa nesse momento... Eu disse que não tinha problema.

– *Eu* sempre digo que uma xícara de chá faz *toda* a diferença – comentou a srta. Pierce.

– Havia mais alguém lá?

– Sim. O sr. Lennox Boynton e a esposa estavam num canto, lendo. E Carol Boynton também estava.

– E o sr. Cope?

– Veio tomar chá conosco – contou a srta. Pierce. – Apesar de dizer que tomar chá não era um hábito americano.

Lady Westholme tossiu.

– Fiquei com receio de que o sr. Cope se tornasse inoportuno... que grudasse em mim. É difícil manter as pessoas à distância numa viagem. Os americanos são meio ousados, sem muito tato às vezes.

Poirot disse em tom gentil:

– Tenho certeza, lady Westholme, de que a senhora sabe lidar muito bem com esse tipo de situação. Quando os companheiros de viagem deixam de interessá-la, estou certo de que a senhora consegue se desvencilhar deles.

– Acho que sou capaz de lidar com a maior parte das situações – admitiu lady Westholme.

Poirot olhava-a fixo, com brilho nos olhos.

– Poderia concluir o relato dos acontecimentos do dia? – pediu.

– É claro. Até onde me lembro, Raymond e a menina ruiva chegaram um pouco depois. A srta. King foi a última a aparecer. O jantar estava pronto para ser servido. Um dos empregados recebeu ordens de avisar a sra. Boynton. O sujeito voltou correndo com um de seus amigos em estado de grande agitação e falou em árabe com o guia. Deu para entender, pelo que ele dizia, que a sra. Boynton estava doente. A srta. King ofereceu-se para acompanhar o guia e logo voltou com a notícia da morte da sra. Boynton.

– Falou de uma maneira muito abrupta – acrescentou a srta. Pierce. – Apenas anunciou o fato. Acho que deveria ter sido de uma forma mais gradual.

– E como a família recebeu a notícia?

Pela primeira vez, lady Westholme e a srta. Pierce pareceram um pouco perdidas. Por fim, lady Westholme falou, sem a habitual segurança na voz:

– Bem... é difícil dizer. Ficaram calados.

– Chocados – disse a srta. Pierce.

Falou essa palavra mais como opinião do que como fato.

– Todos acompanharam a srta. King – contou lady Westholme. – A srta. Pierce e eu, muito sensatamente, ficamos onde estávamos.

Um certo olhar de constrangimento fez-se notar no rosto da srta. Pierce nesse momento.

– Detesto curiosidade vulgar! – continuou lady Westholme.

O olhar contrafeito acentuou-se. Era claro que não concordava com aquela história de curiosidade vulgar!

– Mais tarde – concluiu lady Westholme –, o guia e a srta. King voltaram. Sugeri que o jantar fosse servido imediatamente para nós quatro, de modo que a família Boynton pudesse jantar depois sem o constrangimento da presença de estranhos. Minha sugestão foi aceita e logo após o jantar me retirei para a minha tenda. A srta. King e a srta. Pierce fizeram o mesmo. O sr. Cope, creio, permaneceu lá, já que era amigo da família e julgou que pudesse ajudá-los. Isso é tudo que sei, sr. Poirot.

– Quando a srta. King deu a notícia, *toda* a família Boynton a acompanhou?

– Sim... não. Agora que o senhor falou, acho que a menina, a ruiva, ficou. Talvez a srta. Pierce se lembre melhor.

– Sim, acho que foi isso mesmo. Tenho quase certeza.

Poirot perguntou:

– E o que ela ficou fazendo?

Lady Westholme fitou-o.

– O que ela *ficou fazendo*, sr. Poirot? Nada, pelo que eu me lembro.

– Digo, ela ficou costurando, lendo, parecia aflita, disse alguma coisa?

– Bem, na verdade... – lady Westholme franziu a testa. – Ficou lá sentada, sem fazer nada, pelo que me lembro.

– Ficou mexendo os dedos – disse a srta. Pierce de repente. – Lembro que reparei... coitada, pensei, isso mostra o que ela está sentindo! O *rosto* não revelava nada... mas as mãos estavam muito inquietas.

– Uma vez – continuou a srta. Pierce em tom de conversa – lembro-me de rasgar uma nota de uma libra assim, sem reparar no que eu estava fazendo. "Devo pegar o primeiro trem e visitá-la?", pensei sobre uma tia-avó minha, que ficou doente de repente. "Ou não?" Não sabia o que fazer, olhei para baixo e vi que, em vez do telegrama, estava rasgando uma nota de uma libra... *uma nota de uma libra...* em pedacinhos!

Fez uma pausa dramática.

Contrariada com essa tentativa de atrair os holofotes por parte de sua companheira, lady Westholme perguntou friamente:

– Mais alguma coisa, sr. Poirot?

Poirot pareceu voltar a si de repente.

– Nada... nada... as senhoras foram muito claras... muito precisas.

– Tenho uma memória excelente – disse lady Westholme com satisfação.

– Um último pedido, lady Westholme – disse Poirot. – Por favor, continue sentada onde está, sem virar. Agora, poderia descrever o que a srta. Pierce está usando hoje? Claro, se a srta. Pierce concordar.

– Claro que concordo! – exclamou a srta. Pierce.

– Francamente, sr. Poirot, qual o *objetivo*...

– Faça o que lhe pedi, por favor.

Lady Westholme encolheu os ombros e depois disse, meio a contragosto:

– A srta. Pierce está usando um vestido de algodão listrado branco e marrom e um cinto sudanês de couro vermelho, azul e bege. Está usando meias de seda bege, e sapatos marrons. Tem um ponto perdido na meia esquerda. Está usando um colar de cornalina e um de contas azuis... e um broche com uma borboleta de pérola. Usa também um anel de imitação no terceiro dedo da mão direita. Na cabeça, um chapéu de feltro rosa e marrom.

Fez uma pausa, uma pausa de serena competência.

– Mais alguma coisa? – perguntou secamente.

Poirot abriu as mãos num gesto largo.

– A senhora tem toda a minha admiração, madame. Seu poder de observação é dos melhores.

– Detalhes raramente me escapam.

Lady Westholme levantou-se, inclinou ligeiramente a cabeça e saiu da sala. Quando a srta. Pierce ia segui-la, Poirot disse:

– Um momento, por favor, mademoiselle.

– Sim? – a srta. Pierce ergueu os olhos, um pouco apreensiva.

Poirot inclinou-se para frente, para falar em tom confidencial.

– A senhorita está vendo esse ramo de flores na mesa?

– Sim – respondeu a srta. Pierce, olhando.

– E reparou que quando a senhorita entrou na sala eu espirrei uma ou duas vezes?

– Sim, e daí?

– Viu se eu tinha cheirado as flores?

– Bem, não me lembro.

– Mas se lembra que eu espirrei?

– Sim, *disso* eu me lembro!

– Tudo bem. Fiquei me perguntando se essas flores poderiam ter me provocado alergia. Não importa.

– Alergia? – exclamou a srta. Pierce. – Lembro-me de uma prima que era uma verdadeira *mártir* da alergia! Ela sempre dizia que se usasse um spray diário com uma solução de borato de sódio...

Com certa dificuldade, Poirot conseguiu arquivar os tratamentos nasais da prima da srta. Pierce. Fechou a porta e voltou para o quarto com a testa franzida.

– Mas eu não espirrei – murmurou. – Não espirrei.

Capítulo 6

Lennox Boynton entrou com o passo decidido. Se o dr. Gerard estivesse presente, ficaria surpreso com a mudança naquele homem. A apatia desapareceu. Estava alerta, embora visivelmente nervoso. Seus olhos vagavam rapidamente por toda a sala.

– Bom dia, sr. Boynton – Poirot levantou-se e fez uma mesura. Lennox respondeu meio sem jeito. – Agradeço muito que tenha me concedido esta entrevista.

Lennox Boynton falou vacilante:

– O coronel Carbury disse que seria bom... recomendou... algumas formalidades, disse.

– Sente-se, por favor, sr. Boynton.

Lennox sentou-se na cadeira antes ocupada por lady Westholme. Poirot puxou conversa.

– Deve ter sido um grande choque para o senhor, não?

– Sim, claro. Bem, não, talvez não... Sempre soubemos que o coração da minha mãe não era forte.

– Será que foi uma boa ideia, então, consentir que ela fizesse uma viagem tão cansativa?

Lennox Boynton levantou a cabeça. Falou com triste dignidade.

– Minha mãe, sr. Poirot, tomava suas próprias decisões. Se colocasse alguma coisa na cabeça, não adiantava tentar opor-se.

Respirou fundo ao pronunciar as últimas palavras. Seu rosto empalideceu de repente.

– Sei – disse Poirot – que as velhas senhoras às vezes são muito teimosas.

Lennox falou meio irritado:

– Qual o propósito disso tudo? É o que quero saber. Por que todas essas formalidades?

– Talvez o senhor não tenha percebido, sr. Boynton, que em casos de mortes súbitas e inexplicáveis, as formalidades são necessárias.

Lennox disse de modo incisivo:

– O que o senhor quer dizer com "inexplicável"?

Poirot deu de ombros.

– Há sempre uma questão a considerar: foi morte natural... ou terá sido suicídio?

– Suicídio? – perguntou Lennox Boynton, estupefato.

Poirot disse com leveza:

– O senhor, claro, sabe melhor de tais possibilidades. O coronel Carbury, naturalmente, não sabe o que fazer. Ele precisa decidir se haverá um inquérito... uma autópsia... essas coisas. Como eu estava aqui e tenho experiência no assunto, sugeriu que eu fizesse uma série de inquéritos e o ajudasse a tomar uma decisão. É claro que não é sua intenção causar nenhum inconveniente à família.

Lennox Boynton falou com raiva:

– Enviarei um telegrama a nosso cônsul em Jerusalém.

Poirot concordou:

– Está dentro do seu direito.

Houve uma pausa. Depois Poirot disse, abrindo as mãos:

– O senhor se opõe a responder a algumas perguntas minhas?

Lennox Boynton respondeu logo:

– Claro que não. Mas me parece desnecessário.

– Compreendo perfeitamente. Mas é tudo muito simples. Uma questão de praxe, como se costuma dizer. Na tarde em que sua mãe morreu, sr. Boynton, o senhor deixou o acampamento em Petra e foi dar um passeio, não?

– Sim. Fomos todos... menos minha mãe e minha irmã mais nova.

– Sua mãe ficou sentada na entrada da caverna?

– Sim, do lado de fora. Passava todas as tardes lá.

– Sei. A que horas saíram?

– Logo depois das três, acho.

– Quando voltaram?

– Não sei exatamente... quatro da tarde, cinco, talvez.

– Uma ou duas horas depois mais ou menos?

– Sim... mais ou menos isso, acho.

– Cruzou com alguém no caminho de volta?

– O quê?

– Cruzou com alguém? Duas senhoras sentadas numa pedra, por exemplo.

– Não sei. Acho que sim.

– Estava tão absorvido em seus pensamentos que nem reparou?

– Sim, estava.

– Falou com sua mãe quando voltou ao acampamento?

– Sim... falei.

– Ela não reclamou que se sentia mal?

– Não... parecia perfeitamente bem.

– Posso saber com exatidão o que se passou entre vocês?

Lennox fez uma pausa.

– Ela disse que eu tinha voltado cedo, e concordei. – Fez outra pausa, num esforço de concentração. – Comentei que estava quente. Ela me perguntou as horas, disse que seu relógio de pulso tinha parado. Peguei o relógio, dei corda, acertei a hora e tornei a colocá-lo em seu pulso.

Poirot interrompeu-o com delicadeza:

– E que horas eram?

– Como? – perguntou Lennox.

– Que horas eram quando acertou o relógio?

– Ah, sim. Eram... 16h35.

– Então o senhor sabe exatamente a hora em que voltou para o acampamento. – disse Poirot, gentil.

Lennox corou.

– Sim, que besteira! Desculpe-me, sr. Poirot, estou um pouco confuso, com toda essa preocupação...

Poirot emendou depressa:

– Compreendo... compreendo perfeitamente! Tudo é tão preocupante! E o que aconteceu depois?

– Perguntei à minha mãe se ela queria alguma coisa. Uma bebida... chá, café etc. Ela disse que não. Então fui até a tenda principal. Não havia nenhum empregado lá, mas encontrei um pouco de água com gás para beber. Estava com sede. Sentei e fiquei lendo alguns números antigos do *Saturday Evening Post.* Acho que peguei no sono.

– Sua mulher apareceu em algum momento?

– Sim, ela veio pouco tempo depois.

– E o senhor não voltou a ver sua mãe viva?

– Não.

– Ela não lhe pareceu agitada ou aborrecida quando o senhor falou com ela?

– Não, estava igual a sempre.

– Ela não falou de nenhum problema ou questão com um dos empregados?

Lennox fitou-o.

– Não, nada.

– E isso é tudo o que o senhor tem a dizer?

– Acho que sim.

– Obrigado, sr. Boynton.

Poirot inclinou a cabeça como um sinal de que a entrevista terminara. Lennox não parecia ter pressa em retirar-se. Ficou parado na porta.

– Mais alguma coisa?

– Não. Poderia pedir à sua esposa para vir até aqui?

Lennox saiu vagarosamente. No bloco ao seu lado, Poirot escreveu: L.B. 16h35.

Capítulo 7

Poirot olhou com interesse a moça alta e distinta que entrou na sala. Levantou-se e inclinou-se educadamente:

– Sra. Lennox Boynton? Hercule Poirot a seu dispor.

Nadine Boynton sentou-se. Seu olhar pensativo deteve-se no rosto de Poirot.

– Espero que não se importe, madame, com a minha intromissão em sua dor dessa forma.

Os olhos de Nadine não piscaram. Não respondeu logo. Seu olhar continuava firme e grave. Enfim, soltou um suspiro e disse:

– Acho melhor ser bastante franca com o senhor.

– Concordo, madame.

– O senhor se desculpa por invadir minha dor. Essa dor, sr. Poirot, não existe, e é inútil fingir o contrário. Não tinha nenhum amor pela minha sogra e honestamente não posso dizer que lamento sua morte.

– Obrigado, madame, pela franqueza.

Nadine continuou:

– Mesmo assim, apesar de não estar sofrendo, admito que sinto outra coisa: remorso.

– Remorso? – Poirot franziu a testa.

– Sim. Porque fui responsável pela morte dela e me culpo por isso.

– O que está dizendo?

– Estou dizendo que *eu* fui a causa da morte da minha sogra. Pensava que estivesse agindo de maneira honesta, mas o resultado foi infeliz. Para todos os fins práticos, eu a matei.

Poirot recostou-se na cadeira.

– Poderia explicar melhor, madame?

Nadine concordou com a cabeça.

– É o que desejo fazer. Minha primeira reação, naturalmente, foi guardar para mim meus problemas pessoais, mas vejo que chegou o momento de falar. Não tenho dúvidas, sr. Poirot, de que o senhor já ouviu muitas confidências de natureza íntima.

– É verdade.

– Então, vou lhe contar de maneira simples o que aconteceu. Minha vida de casada, sr. Poirot, não tem sido propriamente feliz. Meu marido não é o único culpado por isso... a influência da mãe sobre ele sempre foi maléfica... mas nos últimos tempos tenho sentido minha vida cada vez mais insuportável.

Fez uma pausa e continuou:

– No dia em que morreu minha sogra, tomei uma decisão. Tenho um amigo, um grande amigo, que já havia me proposto, mais de uma vez, ficar com ele. Naquela tarde aceitei sua proposta.

– Decidiu abandonar seu marido?

– Sim.

– Continue, por favor.

Nadine falou em voz baixa:

– Depois de tomar a decisão, eu quis resolver tudo o mais rápido possível. Voltei para o acampamento. Minha sogra estava sentada sozinha, não havia ninguém por perto. Decidi dar-lhe a notícia ali mesmo. Peguei uma cadeira, sentei-me a seu lado e contei-lhe abruptamente o que havia decidido.

– Ela ficou surpresa?

– Sim, acho que foi um grande choque. Ela ficou ao mesmo tempo surpresa e zangada... muito zangada. Ficou num estado terrível! Resolvi, então, não falar mais do assunto, levantei-me e saí. – Sua voz diminuiu: – Nunca mais voltei a vê-la com vida.

Poirot balançou lentamente a cabeça:

– Entendi.

Depois perguntou:

– A senhora acha que a morte dela foi consequência do choque?

– Tenho quase certeza. Ela já havia se cansado muito para chegar até este lugar. Minha notícia e a raiva que sentiu podem ter causado o resto... Sinto-me mais culpada ainda porque já havia sido treinada sobre doenças. Então, mais do que ninguém, eu poderia ter previsto a possibilidade de que isso acontecesse.

Poirot ficou em silêncio por algum tempo. Depois perguntou:

– O que a senhora fez exatamente depois que a deixou?

– Levei a cadeira de volta para a caverna e desci para a tenda principal. Meu marido estava lá.

Poirot olhou-a com atenção e indagou:

– Contou a *ele* sua decisão? Ou já havia contado?

Houve uma pausa, mínima, antes de Nadine responder.

– Contei a ele naquele momento.

– E como ele recebeu a notícia?

Ela respondeu em voz baixa:

– Ficou muito chateado.

– Pediu-lhe que reconsiderasse?

Ela sacudiu a cabeça.

– Ele não falou muito. Nós dois sabíamos, há um tempo, que algo assim estava para acontecer.

Poirot disse:

– Desculpe-me, mas... o outro homem era, claro, o sr. Jefferson Cope, não?

Ela concordou.

– Sim.

Fez-se uma longa pausa e depois, sem alterar a voz, Poirot perguntou:

– A senhora possui uma seringa hipodérmica, madame?

– Sim... não.

Poirot franziu a testa.

Ela explicou:

– Tenho uma velha seringa hipodérmica, entre outras coisas, numa pequena malinha de remédios que levo nas viagens, mas ficou em Jerusalém com a maior parte da nossa bagagem.

– Sei.

Houve outra pausa e então ela perguntou, pouco à vontade:

– Por que o senhor está me perguntando isso, sr. Poirot?

O detetive respondeu a pergunta com outra pergunta.

– A sra. Boynton estava tomando um remédio que continha digitalis, não estava?

– Sim.

Poirot percebeu que ela falava com cuidado agora.

– Era para o problema de coração, não?

– Sim.

– A digitalis, de certa forma, é uma droga acumulativa, não é?

– Acho que sim. Não sei muito a respeito.

– Se a sra. Boynton tiver tomado uma dose exagerada de digitalis...

Nadine interrompeu-o rapidamente, de maneira decidida.

– Ela não tomou. Era muito cuidadosa. E eu também seria se tivesse lhe dado o remédio.

– Pode ter havido uma dose exagerada naquele vidro. Um erro do farmacêutico?

– Acho pouco provável – comentou com calma.

– Bem, a análise logo dirá.

– Infelizmente a garrafa quebrou-se.

Poirot encarou-a com súbito interesse.

– É mesmo? E quem a quebrou?

– Não sei ao certo. Um dos empregados, acho. Ao carregarem o corpo de minha sogra para dentro da caverna. Uma confusão. Quase não havia luz. Derrubaram uma mesa.

Poirot olhou-a fixamente por um ou dois minutos.

– Muito interessante – disse.

Nadine Boynton ajeitou-se na cadeira.

– O senhor está insinuando que minha sogra não morreu de choque, mas de uma overdose de digitalis? – perguntou e depois prosseguiu: – Acho pouco provável.

Poirot inclinou-se para a frente.

– *Mesmo se lhe disser que dr. Gerard, o médico francês que estava no acampamento, deu por falta de uma quantidade considerável de digitoxina de sua maleta de medicamentos?*

Nadine empalideceu. Agarrou-se à mesa, com os olhos baixos, e ficou quieta. Parecia uma madona esculpida em pedra.

– Bem, madame – disse Poirot finalmente –, o que tem a me dizer sobre isso?

Os segundos passaram e ela continuava calada. Só depois de dois minutos é que levantou a cabeça. Poirot assustou-se ao ver seus olhos.

– Sr. Poirot, *eu não matei minha sogra.* O senhor sabe! Estava viva e bem quando a deixei. Muitas pessoas podem testemunhar isso. Porém, sendo inocente do crime, posso perguntar: por que resolveu se envolver com esse caso? Se lhe jurar pela minha honra que a justiça, só a justiça, foi feita, o senhor abandonaria esse inquérito? Já houve tanto sofrimento... o senhor nem imagina. Agora que finalmente existe paz e chance de felicidade, o senhor quer destruir tudo?

Poirot endireitou-se na cadeira. Seus olhos brilhavam.

– Deixe-me ver se entendi, madame. O que a senhora está me pedindo?

– Estou lhe dizendo que minha sogra morreu de morte natural e lhe pedindo para aceitar esse fato.

– Sejamos claros. *A senhora sabe que sua sogra foi friamente assassinada* e está me pedindo para abandonar o caso?

– Estou lhe pedindo para ter piedade!

– Sim... de alguém que não teve piedade!

– O senhor não está entendendo... não foi bem assim.

– A senhora cometeu o crime, madame, para falar com tanta certeza?

Nadine balançou a cabeça. Não aparentava sinais de culpa.

– Não – respondeu sem se alterar. – A sra. Boynton estava viva quando a deixei.

– E aí... o que aconteceu? A senhora *sabe*... ou só *desconfia*?

Nadine disse com entusiasmo:

– Ouvi dizer, sr. Poirot, que certa vez, naquele caso do Expresso Oriente, o senhor aceitou um veredicto oficial do que acontecera.

Poirot olhou-a com curiosidade:

– Quem lhe contou isso?

– É verdade?

Ele respondeu devagar:

– Aquele caso era diferente.

– Não era diferente não! O homem que morreu era mau... – sua voz embargou – como *ela*...

Poirot disse:

– O caráter moral da vítima nada tem a ver com a questão! Um ser humano que exerceu seu direito de julgamento particular decidindo tirar a vida de outro ser humano não pode viver numa comunidade sem ameaçar a segurança das pessoas. Posso garantir! *Eu*, Hercule Poirot!

– O senhor é muito severo!

– Madame, sob esse ponto de vista sou inflexível. Não compactuarei com assassinos! Essa é a palavra final de Hercule Poirot.

Nadine levantou-se. Seus olhos negros brilhavam com súbita fúria.

– Então vá em frente! Arruíne a vida de pessoas inocentes! Não tenho mais nada a dizer.

– Acho, madame, que a senhora tem muito a dizer...

– Não, não tenho mais nada.

– Tem sim. O que aconteceu, madame, *depois* que deixou sua sogra? Enquanto a senhora e seu marido estavam juntos na tenda principal?

A moça encolheu os ombros.

– Como vou saber?

– A senhora *sabe*... ou pelo menos desconfia.

Ela olhou-o diretamente nos olhos.

– Não sei de nada, sr. Poirot.

Virando-se, saiu da sala.

Capítulo 8

Após anotar em seu bloco N.B. 16h40, Poirot abriu a porta e chamou o homem que o coronel Carbury havia deixado à sua disposição, um sujeito inteligente com bom conhecimento de inglês. Pediu-lhe que trouxesse a srta. Carol Boynton.

Olhou para a moça com interesse quando ela entrou, o cabelo castanho, a postura da cabeça sobre o longo pescoço, a energia nervosa das belas mãos.

Disse:

– Sente-se, mademoiselle.

Ela obedeceu. Seu rosto estava sem cor e sem expressão. Poirot começou com um gesto mecânico de simpatia, ao qual a menina não correspondeu.

– E agora, mademoiselle, poderia me contar o que aconteceu na tarde daquele dia?

A resposta veio pronta, despertando a suspeita de que havia sido bem ensaiada.

– Depois do almoço, fomos todos dar uma volta. Voltei para o acampamento...

Poirot interrompeu-a.

– Um minuto. Estavam todos juntos até então?

– Não, fiquei com o meu irmão Raymond e a srta. King a maior parte do tempo. Depois fui passear sozinha.

– Obrigado. E a senhorita estava dizendo que voltou para o acampamento. Sabe mais ou menos a que horas?

– Acho que eram cinco e dez. Por aí.

Poirot anotou C.B. 17h10.

– E depois?

– Minha mãe continuava sentada no mesmo lugar. Fui falar com ela e depois voltei para a minha tenda.

– Consegue se lembrar exatamente o que aconteceu entre vocês duas?

– Comentei apenas que estava muito quente e que ia deitar. Minha mãe disse que continuaria ali. Foi isso.

– Alguma coisa na aparência dela chamou sua atenção?

– Não. Pelo menos...

Fez uma pausa e ficou olhando hesitante para Poirot.

– Não sou eu quem lhe dará a resposta, mademoiselle – falou calmamente o detetive.

– Estava só pensando. No momento mal reparei, mas agora, lembrando...

– Sim?

Carol continuou:

– É verdade... ela estava com uma cor estranha, o rosto muito vermelho... mais do que o normal.

– Acha que poderia ter tido algum tipo de choque? – sugeriu Poirot.

– Choque? – Carol olhou-o.

– Sim, pode ter tido, digamos, algum problema com um dos empregados árabes.

– Ah! – seu rosto iluminou-se. – É possível.

– Ela não falou nada a respeito?

– Não... nada.

Poirot prosseguiu:

– O que a senhorita fez em seguida?

– Fui para a minha tenda descansar cerca de meia hora. Depois desci para a tenda principal. Meu irmão e a mulher estavam lá, lendo.

– E o que a senhorita fez?

– Eu tinha algumas peças para costurar. Depois, peguei uma revista.

– Falou com sua mãe de novo a caminho da tenda principal?

– Não. Fui direto. Acho que nem olhei na direção dela.

– E depois?

– Permaneci lá até... até a srta. King nos contar que ela estava morta.

– E isso é tudo o que a senhorita sabe?

– Sim.

Poirot inclinou-se para a frente. Seu tom era o mesmo, leve e coloquial:

– E o que *sentiu*, mademoiselle?

– O que senti?

– Sim... quando soube que sua mãe... perdão, sua madrasta, não?... o que sentiu quando soube que ela estava morta?

Carol olhou-o fixamente.

– Não entendo o que o senhor quer dizer!

– Acho que entende muito bem.

Ela baixou os olhos e disse com voz insegura:

– Foi um grande choque.

– Foi mesmo?

O sangue subiu-lhe ao rosto. Fitou-o com ar de desamparo. O detetive viu medo em seus olhos.

– *Foi mesmo* um grande choque, mademoiselle? *Lembrou-se de certa conversa que a senhorita teve com seu irmão Raymond uma noite em Jerusalém?*

O tiro acertara em cheio. Via-se pela palidez do rosto da menina.

– O senhor sabe disso? – murmurou.

– Sim, eu sei.

– Mas... como?

– Ouvi sem querer parte da conversa.

– Ah! – Carol Boynton afundou o rosto nas mãos. Seus soluços balançaram a mesa.

Hercule Poirot esperou um minuto, para então dizer com toda tranquilidade:

– Vocês estavam planejando a morte de sua madrasta.

Carol chorava abertamente.

– Estávamos loucos... loucos... aquela noite!

– Talvez.

– É impossível o senhor compreender nosso estado! – sentou-se ereta, afastando o cabelo do rosto. – Pareceria inacreditável. Não era tão ruim nos Estados Unidos... mas viajando percebemos que sim.

– Perceberam que sim o quê? – perguntou Poirot, com voz bondosa e simpática.

– Que éramos diferentes... das outras pessoas! Ficamos desesperados. E havia a Jinny.

– Jinny?

– Minha irmã. O senhor não a viu. Ela estava ficando muito estranha. E minha mãe piorava tudo, sem perceber. Ficamos com medo, Ray e eu, que Jinny enlouquecesse! Nadine tinha o mesmo receio, o que aumentou nossa apreensão, porque ela conhece enfermagem e coisas do gênero.

– Sim. E?

– Aquela noite, em Jerusalém, estouramos! Ray estava fora de si. Parecia-nos *certo* planejar aquilo! Mamãe não regulava bem. Não sei o que o senhor acha, mas às vezes *pode* ser *correto*, quase nobre, matar alguém!

Poirot balançou lentamente a cabeça.

– Sim, sei como é. Há provas disso na história.

– É assim que Ray e eu nos sentíamos naquela noite... – bateu com a mão na mesa. – Mas não chegamos a concretizar o plano. Claro que não! À luz do dia, pareceu-nos tudo tão absurdo, melodramático e perverso! Na verdade, sr. Poirot, mamãe morreu de uma maneira perfeitamente natural, de um ataque cardíaco. Ray e eu não tivemos nada a ver com isso.

Poirot disse calmo:

– A senhorita poderia me jurar, pela esperança que tem da salvação após a morte, que a sra. Boynton não morreu como resultado de uma ação de vocês dois?

Carol levantou a cabeça. Sua voz saiu firme e profunda:

– Juro – disse –, pela esperança que tenho da salvação, que nunca lhe fiz mal...

Poirot recostou-se na cadeira.

– Então é isso – disse.

Fez-se silêncio. Poirot acariciava seu bigode soberbo, enquanto pensava. Depois disse:

– Qual era o plano de vocês exatamente?

– Plano?

– Sim, a senhorita e seu irmão tinham um plano, não?

Contou mentalmente os segundos que a menina demorou para responder. "Um, dois, três."

– Não tínhamos nenhum plano – Carol afirmou enfim. – Nunca chegamos a esse ponto.

Hercule Poirot levantou-se.

– É tudo, mademoiselle. Poderia chamar seu irmão?

Carol se levantou. Permaneceu indecisa por um tempo.

– Sr. Poirot, o senhor acredita em mim?

– E eu disse que não?

– Não, mas... – interrompeu-se.

– Pode pedir para seu irmão vir até aqui? – pediu mais uma vez.

– Sim.

Carol andou devagar em direção à porta. Parou na saída e, virando-se, exclamou fervorosamente:

– Eu disse a verdade, a pura verdade!

Hercule Poirot não respondeu.

Carol Boynton saiu da sala.

Capítulo 9

Poirot notou a semelhança entre irmão e irmã quando Raymond Boynton entrou.

Seu rosto era duro e severo. Não parecia nervoso ou com medo. Sentou numa cadeira, encarou Poirot e disse:

– E então?

Poirot falou bondosamente:

– Sua irmã lhe passou o recado?

Raymond acenou que sim com a cabeça.

– Sim. Compreendo que o senhor tenha motivo para desconfiar. Se nossa conversa foi ouvida aquela noite, a morte súbita de minha madrasta há de parecer suspeita! Só posso lhe assegurar que aquela conversa foi loucura de uma noite! Estávamos, no momento, muito tensos. Aquele plano fantástico de matar nossa madrasta nos ajudou a... como direi?... a aliviar a tensão.

Hercule Poirot curvou a cabeça lentamente.

– Isso é possível – comentou.

– Na manhã seguinte, claro, vimos que era absurdo! Juro, sr. Poirot, que nunca mais voltei a pensar no assunto.

Poirot ficou calado.

Raymond disparou:

– Claro, sei que é fácil *falar*. Não espero que o senhor acredite simplesmente na minha palavra. Mas considere os fatos. Falei com minha mãe um pouco antes das seis horas. Estava viva e bem nesse momento. Fui para a minha tenda, tomei um banho e encontrei os outros na principal. Daí por diante Carol e eu não saímos do lugar. Estávamos à vista de todos. O senhor deve considerar, sr. Poirot, que a morte de minha mãe foi natural... um caso de ataque cardíaco... não podia ser outra coisa! Havia empregados por perto, muita gente indo e vindo. Outra hipótese seria absurda.

Poirot falou tranquilamente:

– O senhor sabe, sr. Boynton, que, segundo a srta. King, que examinou o corpo às seis e meia, a morte da sra. Boynton havia ocorrido no mínimo uma hora e meia antes, talvez *duas horas*?

Raymond fitou-o atônito.

– Sarah disse isso? – perguntou com a voz ofegante.

Poirot anuiu com a cabeça.

– O que o senhor tem a dizer agora?

– Mas... é impossível!

– É o depoimento da srta. King. E agora *o senhor* vem me dizer que sua mãe estava viva quarenta minutos antes de a srta. King examinar o corpo.

Raymond exclamou:

– Mas ela estava!

– Pense bem, sr. Boynton.

– Sarah *deve* ter se enganado! Tem de haver algum fator que ela não levou em consideração. Refração da rocha... alguma coisa. Posso lhe garantir, sr. Poirot, que minha mãe *estava* viva pouco antes das seis quando falei com ela.

Poirot fitou-o impassível.

Raymond curvou-se para a frente com ansiedade.

– Sr. Poirot, sei que deve parecer estranho, mas procure enxergar tudo isso de maneira imparcial. O senhor é parcial, pelo próprio contexto de crimes em que vive. Toda morte repentina deve parecer, a seus olhos, um possível crime! O senhor não percebe que não dá para confiar em seu senso de proporção? As pessoas morrem todos os dias, principalmente quem tem coração fraco, e não há nada de sinistro nessas mortes.

Poirot suspirou.

– Está querendo ensinar o padre a rezar a missa?

– Não, claro que não. Mas acho que o senhor se deixou influenciar por aquela conversa infeliz. Não existe nada na morte da minha mãe que possa levantar suspeitas, exceto aquela conversa infeliz entre mim e Carol.

Poirot sacudiu a cabeça.

– O senhor está equivocado – disse. – Existe outra coisa. O veneno tirado da maleta de medicamentos do dr. Gerard.

– Veneno? – Ray olhou-o espantado. – *Veneno?* – Recuou um pouco a cadeira. Estava totalmente surpreso. – É disso que o senhor suspeita?

Poirot deu-lhe um minuto ou dois. Depois falou em tom calmo, quase indiferente:

– O senhor tinha outro plano, não?

– Sim – respondeu Raymond, de modo automático. – É por isso que... isso muda tudo... não consigo pensar com clareza.

– Qual era *o seu* plano?

– Nosso plano? Era...

Raymond interrompeu-se abruptamente. Ficou alerta, de repente.

– Acho que não falarei mais nada – disse.

– Como quiser – concordou Poirot.

Viu o jovem retirar-se do recinto.

Pegou seu bloquinho e, com caligrafia pequena e precisa, fez uma anotação final: R.B. 17h55?

Depois, numa grande folha de papel, começou a escrever. Terminada a tarefa, contemplou o resultado, que foi:

A família Boynton e Jefferson Cope deixam o acampamento	15h15 (aprox.)
O dr. Gerard e Sarah King deixam o acampamento	15h15 (aprox.)
Lady Westholme e a srta. Pierce deixam o acampamento	16h15
O dr. Gerard volta para o acampamento	16h20 (aprox.)
Lennox Boynton volta para o acampamento	16h35
Nadine Boynton volta para o acampamento e fala com a sra. Boynton	16h40
Nadine Boynton deixa a sogra e vai para a marquise	16h50 (aprox.)
Carol Boynton volta para o acampamento	17h10
Lady Westholme, srta. Pierce e sr. Jefferson Cope voltam para o acampamento	17h40
Raymond Boynton volta para o acampamento	17h50
Sarah King volta para o acampamento	18h00
Descoberta do corpo	18h30

CAPÍTULO 10

– Estou pensando... – disse Poirot. Dobrou a lista, foi até a porta e mandou chamar Mahmoud. O guia corpulento falava pelos cotovelos.

– Sempre sou culpado. Quando alguma coisa acontece, dizem que a culpa é minha. Sempre. Quando lady Ellen Hunt torceu o tornozelo descendo do Lugar do Sacrifício, colocaram a culpa em mim, apesar de ela estar de salto alto e de ter pelo menos sessenta anos... talvez setenta. Minha vida é uma miséria! E todas as iniquidades que os judeus fazem contra nós...

Poirot finalmente conseguiu deter a enxurrada de palavras e fazer uma pergunta.

– Às cinco e meia? Não, acho que não tinha empregado por perto nessa hora. O almoço é tarde... às duas horas. Depois, limpamos. De tarde, todo mundo tira a sesta. Sim, os americanos não tomam chá. Nós todos fomos dormir às três e meia. Às cinco, eu, que sou um exemplo de eficiência... sempre... sempre me preocupo com o conforto das senhoras e senhores que atendo e sei que todas as inglesas querem chá, saí. Mas não havia ninguém. Foram todos passear. Para mim, ótimo... melhor que o normal. Voltei a dormir. Às quinze para as seis, começou o problema... aquela senhora inglesa grande... muito grande... voltou e pediu chá na hora do jantar. Fez muita confusão... disse que a água precisava ferver... eu mesmo fui ver. Minha nossa! Que vida... que vida! Faço tudo o que posso... e sempre sou culpado...

Poirot perguntou sobre as recriminações.

– Existe outra pequena questão. A velha que morreu estava zangada com um dos empregados. Sabe qual deles e o que aconteceu?

Mahmoud levantou as mãos para o céu.

– Como vou saber? Claro que não sei. A velha não reclamou para mim.

– Teria como descobrir?

– Não, meu senhor, é impossível. Os rapazes não admitiriam. A velha senhora estava zangada? Então, óbvio, os rapazes não falariam. Abdul diz que foi Mohammed, Mohammed diz que foi Aziz, Aziz diz que foi Aissa etc. São todos beduínos ignorantes... não entendem nada.

Tomou ar e continuou:

– Eu tenho vantagem: educação missionária. Posso recitar Keats, Shelley... – disse e recitou um trecho, em seu inglês macarrônico.

Poirot recuou. Embora o inglês não fosse sua língua materna, conhecia-o o suficiente para ficar horrorizado com as barbaridades que Mahmoud falava.

– Excelente! – exclamou de súbito. – Excelente! Vou recomendá-lo para todos os meus amigos.

Conseguiu escapar da eloquência do guia. Levou a lista ao coronel Carbury, que estava no escritório.

Carbury ajeitou a gravata e perguntou:

– Conseguiu alguma coisa?

Poirot respondeu:

– Posso lhe falar sobre uma teoria minha?

– Claro – disse o coronel Carbury com um suspiro. De uma forma ou de outra, já ouvira muitas teorias ao longo da vida.

– Minha teoria é que a criminologia é a mais fácil das ciências! É só deixar o criminoso falar... mais cedo ou mais tarde ele revelará tudo.

– Lembro-me de já ter ouvido essa sua teoria. Quem lhe disse alguma coisa?

– Todos. – Rapidamente, Poirot contou a Carbury sobre as entrevistas da manhã.

– Hmm – disse o coronel Carbury. – Você conseguiu focar em um ou dois pontos. Pena que sejam contraditórios. Já tem alguma pista? Isso é que eu quero saber.

– Não.

Carbury soltou outro suspiro.

– Sabia.

– Mas antes do anoitecer – afirmou Poirot –, você terá a verdade!

– Bem, você me prometeu isso – disse o coronel Carbury. – E duvidei que cumprisse sua promessa! Tem certeza?

– Absoluta.

– Deve ser bom sentir isso – comentou o outro.

Se houve um brilho em seu olhar, Poirot pareceu não perceber. Mostrou a lista.

– Perfeito – disse o coronel Carbury em tom de aprovação.

Examinou-a melhor.

Depois de um ou dois minutos, disse:

– Sabe o que eu acho?

– Ficaria encantado se me dissesse.

– O jovem Raymond Boynton está fora disso.

– Você acha?

– Sim. O que *ele* pensou é claro como água. Deveríamos ter imaginado que ele seria inocente, já que era o principal suspeito. É sempre assim em histórias de detetives. Como você ouviu ele dizendo que mataria a velha, deveríamos ter concluído logo que ele era inocente!

– Costuma ler histórias de detetives, não?

– Milhares – respondeu o coronel Carbury. E acrescentou, em tom de colegial: – Você não poderia fazer como os detetives dos livros? Escrever uma lista de fatos significativos, coisas que parecem irrelevantes, mas que são extremamente importantes... sabe?

– Sei – disse Poirot de maneira gentil. – Gosta desse tipo de história de detetive? Claro, farei com prazer.

Pegou uma folha de papel e escreveu rápida e organizadamente:

Pontos significativos
1. A sra. Boynton estava tomando um medicamento que continha digitalis.
2. O dr. Gerard deu por falta de sua seringa hipodérmica.
3. A sra. Boynton tinha prazer em impedir que a família se relacionasse com outras pessoas.
4. A sra. Boynton, naquela tarde, incentivou a família a sair e deixá-la sozinha.
5. A sra. Boynton era sádica.
6. A distância entre a tenda principal e o lugar onde a sra. Boynton estava sentada era de aproximadamente duzentos metros.
7. O sr. Lennox Boynton disse a princípio que não sabia a hora em que tinha voltado para o acampamento, mas depois admitiu que tinha acertado o relógio de pulso da mãe e falou a hora exata.
8. O dr. Gerard e a srta. Ginevra Boynton ocupavam tendas contíguas.
9. Às seis e meia, quando o jantar ficou pronto, um empregado foi enviado para avisar a sra. Boynton.

O coronel Carbury leu a lista com grande satisfação.

– Magnífico! – exclamou. – É isso mesmo! Você tornou o caso difícil... e aparentemente irrelevante... um toque de gênio! A propósito, parece-me que há uma ou duas omissões importantes. Mas é aí que você pega a vítima, não?

Os olhos de Poirot brilharam, mas ele não respondeu.

– O segundo ponto, por exemplo – prosseguiu o coronel Carbury. – *O dr. Gerard deu por falta de sua seringa hipodérmica.* Ele também sentiu falta de uma solução concentrada de digitalis... ou de algo parecido.

– Isso não é tão importante quanto a falta da seringa hipodérmica – explicou Poirot.

– Esplêndido! – disse o coronel Carbury, sorrindo de orelha a orelha. – Não entendo nada. *Eu* teria dito que a digitalis é muito mais importante do que a seringa! E aquele assunto do empregado... um empregado que foi avisar a sra. Boynton do jantar... e a velha sacudindo a bengala para um deles mais cedo, não vai me dizer que um desses infelizes do deserto matou a velha. Porque – concluiu o coronel Carbury, com severidade –, nesse caso, isso seria *trapaça.*

Poirot sorriu, sem dizer nada.

Ao sair do escritório, murmurou para si mesmo:

– Incrível! Os ingleses nunca crescem!

Capítulo 11

Sarah King estava no alto de uma colina colhendo distraidamente flores silvestres. O dr. Gerard estava sentado numa pedra, perto dela.

De repente, Sarah perguntou, furiosa:

– Por que começou tudo isso? Não fosse pelo *senhor*...

O dr. Gerard falou devagar:

– Você acha que eu deveria ter ficado calado?

– Sim.

– Mesmo sabendo o que eu sabia?

– Você não *sabia* – disse Sarah.

O francês suspirou.

– Sabia sim. Mas admito que nunca podemos ter certeza absoluta.

– Podemos, sim – afirmou Sarah, de modo intransigente.

O francês deu de ombros.

– Talvez você!

Sarah disse:

– O senhor estava com febre... febre alta... não tinha como registrar tudo claramente. É provável que a seringa estivesse lá o tempo todo. E talvez tenha se enganado a respeito da digitoxina, ou quem sabe um dos empregados está envolvido no caso.

Gerard falou com cinismo:

– Não precisa se preocupar! É quase certo que as evidências são inconclusivas. Você verá: seus amigos Boynton escaparão dessa!

Sarah contestou, irritada:

– Também não quero isso.

Ele balançou a cabeça.

– Você não tem lógica!

– Não foi o senhor – lembrou Sarah – em Jerusalém... que falou tanto em não se meter na vida dos outros? E agora, veja só!

– Não me meti. Apenas contei o que sabia!

– E eu digo que o senhor não *sabe*. Ai, meu Deus, aqui estamos, de volta! Estamos andando em círculos.

Gerard disse com gentileza:

– Sinto muito, srta. King.

Sarah falou em voz baixa:

– No final das contas, *eles não escaparam*... nenhum deles! *Ela* ainda está lá! Mesmo do túmulo ainda pode controlá-los. É algo terrível... ela continua terrível, mesmo morta! Sinto... que ela está *se divertindo* com tudo isso.

Comprimiu as mãos uma na outra. Depois, num tom totalmente diferente, bem trivial, disse:

– Lá vem aquele homenzinho subindo o morro.

O dr. Gerard olhou por cima do ombro.

– Vem à nossa procura, acho.

– É tão bobo quanto parece? – perguntou Sarah.

O dr. Gerard respondeu, sério:

– Ele não é nada bobo.

– Imaginei – comentou Sarah King.

Com os olhos sombrios, viu Hercule Poirot subindo a colina.

Finalmente, ele chegou, soltou um “ufa” bem alto e enxugou a testa. Depois, olhou com pena para seus sapatos de couro.

– Ai de mim! – exclamou. – Este país de pedra! Meus pobres sapatos.

– O senhor pode pedir emprestado para lady Westholme seu material de engraxar sapato – sugeriu Sarah, com certa maldade. – E o guarda-pó. Ela viaja com um verdadeiro equipamento de faxina.

– Isso não adianta para os arranhões, mademoiselle – disse Poirot desolado.

– Talvez não. Mas também por que usar sapatos como esses num país assim?

Poirot inclinou um pouco a cabeça.

– Gosto de me apresentar *soigné** – disse.

– Eu já desisti disso no deserto – comentou Sarah.

– As mulheres não exibem sua melhor versão no deserto – disse o dr. Gerard, de maneira sonhadora. – A srta. King é uma exceção... está sempre arrumada e elegante. Mas lady Westholme, com aquelas saias e casacos grossos e aquelas botas... *quelle horreur de femme*! E a pobre srta. Pierce... as roupas esgarçadas, como folhas de repolho murchas, e aquelas correntes e contas penduradas! Nem mesmo a jovem sra. Boynton, que é uma mulher bonita, pode ser chamada de *chic*! Suas roupas são muito sem graça.

Sarah disse com impaciência:

– Acho que o sr. Poirot não subiu até aqui para falar de roupas!

– É verdade – concordou Poirot. – Vim consultar o dr. Gerard... a opinião dele será de muito valor para mim... e a sua também, mademoiselle... ambos são jovens e atualizados em matéria de psicologia. Quero saber tudo a respeito da sra. Boynton.

– O senhor já não sabe tudo de cor a esta altura? – indagou Sarah.

* "Arrumado", em francês. (N.T.)

– Não. Tenho a impressão... mais do que impressão... tenho certeza de que a estrutura mental da sra. Boynton é muito importante nesse caso. O dr. Gerard deve conhecer bem esse tipo de pessoa.

– Do meu ponto de vista, ela era certamente um caso interessante – comentou o médico.

– Continue.

O dr. Gerard não se fez de rogado. Descreveu seu próprio interesse pelo grupo familiar, contou a conversa que tivera com Jefferson Cope e a visão totalmente distorcida que este tinha da situação.

– Ele é sentimental, então – disse Poirot.

– Exatamente! Tem ideais... baseados num profundo instinto de preguiça. Achar a natureza humana boa e o mundo um lugar agradável é o caminho mais fácil na vida! Como consequência, Jefferson Cope não tem a mínima ideia de como as pessoas realmente são.

– Isso pode ser perigoso às vezes – disse Poirot.

O dr. Gerard prosseguiu:

– Ele insistia em ver o que eu descrevia como "a situação Boynton" como um caso de excesso de dedicação. Não tinha a menor noção de que havia ódio, rebelião, escravidão e miséria na história.

– Ignorância – comentou Poirot.

– Ainda assim – continuou o médico –, até mesmo o mais obtuso dos otimistas sentimentais não é totalmente cego. Acho que durante a viagem para Petra, os olhos do sr. Jefferson Cope se abriram.

E descreveu a conversa que tivera com o americano na manhã da morte da sra. Boynton.

– Uma história interessante essa da empregada – disse Poirot, reflexivo. – Ajuda a entender os métodos da velha.

Gerard disse:

– Foi, de um modo geral, uma manhã estranha aquela! O senhor nunca esteve em Petra, não é, sr. Poirot? Se for, não deixe de conhecer o Lugar do Sacrifício. Tem um clima! – Descreveu a cena com detalhes, acrescentando: – A mademoiselle aqui parecia uma juíza, discorrendo sobre o sacrifício de um para salvar a vida de muitos. Lembra-se, srta. King?

Sarah estremeceu:

– Não falemos desse dia.

– Não, não – objetou Poirot. – Falemos dos acontecimentos mais remotos do passado. Estou interessado, dr. Gerard, na sua descrição da mentalidade da sra. Boynton. O que eu não entendo direito é por que, tendo subjugado a família daquela maneira, ela foi arranjar essa viagem, onde sem dúvida haveria o perigo de contatos externos e de enfraquecimento de sua autoridade.

O dr. Gerard inclinou-se para frente, empolgado.

– Mas, *mon vieux*, esse é o ponto! As velhas são iguais no mundo inteiro. Elas se entediam! Se a especialidade delas é jogar paciência, cansam-se do que já conhecem e querem aprender algo novo. E o mesmo acontece com as velhas cuja distração (por incrível que pareça) é dominar e atormentar criaturas humanas! A sra. Boynton... falando dela como *une dompteuse*... domara seus tigres. Houve talvez certo entusiasmo na época da adolescência. O casamento de Lennox e Nadine foi uma aventura. Mas depois, de repente, tudo se estagnou. Lennox está tão mergulhado em melancolia que é praticamente impossível atingi-lo. Raymond e Carol não demonstram sinais de rebelião. Ginevra... ah, a pobre Ginevra... do ponto de vista da mãe, é a que oferece menor resistência. Porque achou um jeito de escapar da realidade! Embarca num mundo da fantasia. Quanto mais a mãe a provoca, mais encontra prazer em ser uma heroína perseguida! Do ponto de vista da sra. Boynton, tudo é extremamente monótono. Ela procura, como Alexandre, novos mundos para conquistar. E então planeja a viagem para o exterior. Haverá o perigo de rebelião por parte de seus animais domesticados, haverá oportunidades de infligir-lhes nova dor! Parece absurdo, não é? Mas é isso mesmo! Ela queria novas emoções.

Poirot respirou fundo.

– Entendo muito bem o que quer dizer. *Foi isso mesmo.* Tudo se encaixa. Ela decidiu viver perigosamente, *la maman* Boynton... e pagou um preço!

Sarah inclinou-se para a frente, com expressão séria no rosto pálido e inteligente.

– O senhor está dizendo que a sra. Boynton provocou demais suas vítimas... e uma delas ou todas se voltaram contra ela?

Poirot concordou com um gesto de cabeça.

Sarah perguntou, com voz um pouco ofegante:

– *Quem?*

Poirot olhou para ela, para suas mãos agarradas ao ramo de flores, para a rigidez descolorida de seu rosto.

Não respondeu... na verdade, foi poupado de responder, pois naquele momento Gerard tocou-lhe o ombro e disse:

– Olhe.

Uma menina perambulava pelo morro. Movia-se com estranha graça, num ritmo que de certo modo dava a impressão de que não era real. O vermelho dourado de seu cabelo brilhava à luz do sol e um sorriso reticente levantava os cantos de sua linda boca. Poirot prendeu a respiração.

Exclamou:

– Que linda... que beleza comovente... Era assim que Ofélia deveria ser representada... como uma jovem deusa de outro mundo, feliz por ter conseguido escapar à escravidão das alegrias e pesares humanos.

– Tem razão – concordou Gerard. – Um semblante de sonho, não? *Eu* já sonhei com ele. Quando estava com febre, abri os olhos e me deparei com esse rosto... esse sorriso doce, etéreo... Foi um sonho muito bom. Não queria acordar...

Depois, voltando ao tom de sempre, informou:

– É Ginevra Boynton.

Capítulo 12

Um minuto mais e a menina os alcançou.

O dr. Gerard fez as apresentações.

– Srta. Boynton, este é o sr. Hercule Poirot.

– Ah. – Ela olhou para ele insegura. Seus dedos retorciam-se, inquietos. A ninfa encantada retornara do país das maravilhas. Era agora apenas uma menina comum, desajeitada, meio nervosa e pouco à vontade.

Poirot disse:

– É uma sorte encontrá-la aqui, mademoiselle. Procurei-a no hotel.

– É mesmo?

Seu sorriso era inexpressivo. Os dedos começaram a mexer no cinto. O detetive sugeriu como quem não quer nada:

– A senhorita gostaria de dar uma volta comigo?

Ela obedeceu tranquilamente, mas logo perguntou, com ansiedade na voz:

– O senhor é detetive, não?

– Sim, mademoiselle.

– Um detetive muito famoso?

– O maior detetive do mundo – afirmou Poirot, como quem fala uma simples verdade.

Ginevra Boynton respirou com suavidade:

– O senhor veio aqui para me proteger?

Poirot acariciou o bigode pensativamente e perguntou:

– Então está em perigo, mademoiselle?

– Sim, sim. – Olhou em volta com olhar desconfiado. – Contei ao dr. Gerard em Jerusalém. Ele foi muito esperto. Fingiu não dar importância na hora, mas me seguiu... até aquele terrível lugar de pedras vermelhas. – Estremeceu. – Queriam me matar lá. Tenho que estar sempre alerta.

Poirot disse que entendia.

Ginevra Boynton continuou:

– É um homem gentil... e bom. Está apaixonado por mim.

– É mesmo?

– Sim. Pronuncia meu nome quando está dormindo... – Sua voz tornou-se suave e aquela espécie de beleza sobrenatural reapareceu. – Vi-o... deitado, virando-se de um lado para o outro, dizendo meu nome... Saí sem ser vista. – Fez uma pausa. – Foi *ele* que mandou chamar o senhor? Tenho muitos inimigos à minha volta. Às vezes, estão *disfarçados.*

– Sim – concordou Poirot de maneira afável. – Mas a senhorita está segura aqui... com toda a família ao seu redor.

Ginevra contestou:

– Eles *não* são minha família! Não tenho nada a ver com eles. Não posso lhe dizer quem sou realmente... é um grande segredo. O senhor ficaria surpreso se soubesse.

Poirot perguntou em tom gentil:

– A morte da sua mãe foi um grande choque para a senhorita?

Ginevra bateu o pé.

– Vou lhe contar uma coisa: ela *não era* minha mãe! Meus inimigos pagaram para que ela fingisse que era e eu não pudesse fugir!

– Onde a senhorita estava na tarde em que ela morreu?

– Estava na tenda... Fazia muito calor lá, mas não me atrevi a sair... *Eles* poderiam me pegar...– Estremeceu de leve. – Um deles olhou dentro da minha tenda. Estava disfarçado, mas o reconheci. Fingi que estava dormindo. O xeque o havia mandado. Queria me raptar, claro.

Poirot ficou em silêncio por um tempo. Depois disse:

– Muito bonitas essas histórias que inventa para si mesma.

Ela parou e olhou para ele.

– É *verdade*. É tudo *verdade* – mais uma vez, bateu o pé, irritada.

– Sim – continuou Poirot –, são muito engenhosas.

Ginevra gritou:

– É verdade... a pura verdade...

E retirou-se furiosa, morro abaixo. Poirot ficou ali parado, vendo-a se afastar. Um ou dois minutos depois, ouviu uma voz.

– O que disse a ela?

Virou-se e encontrou o dr. Gerard, um pouco ofegante, perto dele. Sarah vinha atrás, mas num passo mais lento.

Poirot respondeu à pergunta de Gerard.

– Disse que estava imaginando coisas.

O médico sacudiu a cabeça, pensativo.

– E ela ficou zangada? Bom sinal. Mostra que ainda não cruzou o limiar da realidade. Ainda sabe que aquilo *não* é verdade! Vou curá-la.

– O senhor está planejando uma cura?

– Sim. Já discuti o assunto com a jovem sra. Boynton e o marido. Ginevra vai para Paris internar-se em uma de minhas clínicas. Depois estudará artes cênicas.

– Artes cênicas?

– Sim... existe uma possibilidade de que tenha sucesso. E é disso que ela precisa... é *fundamental* para ela! Em muitos aspectos, Ginevra tem a mesma natureza da mãe.

– Não! – exclamou Sarah, revoltada.

– Pode parecer que não, mas alguns traços essenciais são os mesmos. Ambas nasceram com anseio de ser importantes; ambas precisam estampar sua personalidade! Essa pobre menina foi contrariada e frustrada de todas as maneiras. Não teve chance de exercer sua ambição, seu amor pela vida, de expressar sua viva personalidade romântica. – Deu um pequeno sorriso. – *Nous allons changer tout ça!**

Depois, com um pequeno movimento, despediu-se:

– Com licença – disse, e saiu correndo atrás da moça.

Sarah comentou:

– O dr. Gerard gosta muito de seu trabalho.

– Dá para ver – retorquiu Poirot.

Sarah, então, disse, franzindo a testa:

– Mesmo assim, não acho que dê para compará-la com aquela velha horrível... embora já tenha sentido pena da sra. Boynton uma vez.

– Quando foi isso, mademoiselle?

– Aquela vez de que lhe contei em Jerusalém. De repente, achei que estava enxergando tudo errado. Sabe aquela sensação que temos às vezes de que estamos vendo tudo ao contrário? Acabei me alterando, fui lá e fiz papel de boba!

– Nada disso!

Sarah, como todas as vezes que se lembrava da conversa com a sra. Boynton, enrubesceu.

– Senti-me exaltada, como se tivesse uma missão! E depois, mais tarde, quando lady Westholme me olhou e disse que me vira conversando com a sra. Boynton, julguei que ela poderia ter ouvido a conversa, e me senti uma idiota.

* "Mudaremos tudo isso", em francês. (N.T.)

Poirot perguntou:

– O que foi precisamente que a sra. Boynton lhe disse? A senhorita se lembra das palavras exatas?

– Acho que sim. Elas me impressionaram muito. "*Nunca esqueço*" – disse. – "*Lembre-se disso. Nunca me esqueci de nada: nenhuma ação, nenhum nome, nenhum rosto.*" – Sarah estremeceu. – Falou com *tanta maldade*... nem olhou para mim. Ainda consigo ouvir sua voz...

Poirot indagou gentilmente:

– Isso a impressionou muito, não?

– Sim. Não me assusto com facilidade... mas às vezes sonho com ela me dizendo aquelas palavras e com seu rosto mau e triunfante. Argh! – Sentiu um calafrio. Virou-se de repente para ele: – Sr. Poirot, talvez não devesse perguntar, mas o senhor chegou a alguma conclusão sobre esse caso? Descobriu algo definitivo?

– Sim.

Ele reparou que seus lábios tremeram ao perguntar:

– O quê?

– Descobri com quem Raymond Boynton estava falando aquela noite em Jerusalém. Era com sua irmã Carol.

– Carol... claro!

E continuou:

– Contou a ele...? Perguntou a ele...?

Em vão. Não conseguiu prosseguir. Poirot olhou-a com seriedade e compaixão.

– Isso significa tanto para a senhorita? – perguntou.

– Significa tudo! – respondeu Sarah. Depois, levantou os ombros. – Tenho que *saber*.

Poirot disse calmamente:

– Ele me contou que foi um rompante... só isso! Que ele e a irmã estavam alterados. No dia seguinte, viram que a ideia era absurda.

– Entendo...

O detetive perguntou:

– Srta. Sarah, não vai me dizer o que teme tanto?

Sarah voltou para ele um rosto desesperado.

– Aquela tarde estivemos juntos. E ele foi embora dizendo... dizendo que queria fazer uma coisa *naquele momento*... enquanto ainda tinha coragem. Pensei que fosse simplesmente falar com ela. Mas acho que ele queria dizer...

Sua voz sumiu. Manteve-se firme, procurando controlar-se.

Capítulo 13

I

Nadine Boynton saiu do hotel. Hesitou um momento. Jefferson Cope, que a aguardava, juntou-se a ela.

– Vamos por aqui? Acho que é o caminho mais agradável.

Ela concordou.

Caminharam juntos e o sr. Cope falava. Suas palavras saíam livremente, embora de maneira um tanto monótona. Não se pode afirmar que percebesse a desatenção de Nadine. Quando viraram para pegar o caminho pedregoso pela colina, ela o interrompeu.

– Jefferson, sinto muito. Preciso falar com você.

Empalideceu.

– Claro, minha querida. Como quiser, mas não fique angustiada.

Ela disse:

– Você é mais esperto do que pensei. Já sabe o que vou dizer, não?

– É verdade, não dá para negar – disse o sr. Cope – que o contexto muda tudo. Sinto, realmente, que nas atuais circunstâncias, nossas decisões terão que ser reconsideradas. – Suspirou. – Você tem que seguir em frente, Nadine, e fazer exatamente o que acha que deve fazer.

Ela disse, bastante emocionada:

– Você é tão *bom*, Jefferson. Tão paciente! Sinto que o tratei muito mal. Fui tão mesquinha.

– Olhe, Nadine, vamos esclarecer isso de vez. Eu sempre soube das minhas limitações no que se relacionava a você. Sempre tive profunda admiração e respeito por você, desde o momento em que a conheci. Tudo o que desejo é a sua felicidade. É o que sempre desejei. Vê-la infeliz me deixa quase louco. E devo confessar que tenho colocado a culpa em Lennox. Ele não a merece se não valorizar sua felicidade.

O sr. Cope tomou fôlego e continuou:

– Agora, admito que depois de viajar com você para Petra, cheguei à conclusão de que talvez Lennox não seja tão culpado quanto eu achava. Não era tão egoísta com você, nem com a mãe. Não quero dizer nada contra os mortos, mas sua sogra devia ser uma pessoa muito difícil.

– Sim, achei que fosse dizer isso – murmurou Nadine.

– De qualquer maneira – prosseguiu o sr. Cope –, você veio me falar ontem que tinha finalmente decidido abandonar Lennox. Admiro sua decisão. Não era certa a vida que estavam levando. Você foi bastante honesta comigo. Nunca fingiu sentir mais do que carinho por mim. Tudo bem. Tudo o que eu queria era uma chance de cuidá-la e tratá-la como você merece ser tratada. Posso dizer que ontem tive uma das tardes mais felizes da minha vida.

Nadine disse, chorando:

– Sinto muito... sinto muito...

– Não precisa chorar, minha querida, porque nunca achei que aquilo fosse verdade. Sabia que você mudaria de ideia na manhã seguinte. As coisas são diferentes agora. Você e Lennox já podem ter uma vida juntos.

Nadine disse calmamente:

– É verdade. Não consigo abandonar Lennox. Perdoe-me, por favor.

– Não há o que perdoar – declarou o sr. Cope. –

Voltaremos a ser bons amigos. Esqueceremos a tarde de ontem.

Nadine pousou a mão carinhosa em seu braço.

– Jefferson querido, obrigada. Vou atrás de Lennox.

Virou-se e deixou-o. O sr. Cope ficou sozinho.

II

Nadine encontrou Lennox no teatro greco-romano. Ele estava tão distraído que só percebeu sua presença quando ela se sentou ao seu lado.

– Lennox.

– Nadine – virou-se.

Ela disse:

– Não conseguimos conversar até agora. Mas você sabe que não vou deixá-lo, não sabe?

Ele perguntou gravemente:

– Você realmente pensou em fazer isso, Nadine?

Assentiu com a cabeça.

– Sim. Parecia ser a única solução. Eu esperava que você viesse atrás de mim. Coitado do Jefferson, como fui mesquinha com ele!

Lennox deu uma risada curta de repente.

– Não foi não. Alguém com o desprendimento e a nobreza de Cope entenderá o que se passou! E você estava certa, Nadine. Quando me disse que ia embora com ele, tive o maior choque da minha vida! Para falar a verdade, acho que fiquei meio estranho ultimamente. Por que não enfrentei logo a minha mãe e não fugi com você quando me pediu?

Nadine disse com bondade:

– Você não tinha como, meu querido.

Lennox disse, refletindo:

– Mamãe era uma pessoa esquisita... Creio que nos mantinha a todos meio hipnotizados.

– Isso mesmo.

Lennox ficou pensando por um ou dois minutos. Depois, continuou:

– Quando você me comunicou sua decisão... foi como levar um golpe na cabeça! Voltei meio tonto e então, de repente, vi como havia sido tolo! Percebi que só me restava fazer uma coisa, se não quisesse perdê-la.

Sentiu-a tesa. Seu tom tornou-se mais grave.

– Fui lá e...

– Não...

Ele deu-lhe um rápido olhar.

– Fui lá e... discuti com ela. – Falava agora em outro tom, totalmente diferente, cuidadoso e monótono. – Falei que tinha de escolher entre você e ela... e que escolhia você.

Houve uma pausa.

Ele repetiu, em tom de curiosa autoaprovação:

– Sim, foi o que disse a ela.

CAPÍTULO 14

Poirot encontrou duas pessoas no caminho para casa. A primeira foi o sr. Jefferson Cope.

– Sr. Hercule Poirot? Meu nome é Jefferson Cope.

Os dois cumprimentaram-se com um aperto de mãos.

Depois, caminhando no mesmo ritmo de Poirot, o sr. Cope explicou:

– Soube que o senhor está fazendo uma espécie de inquérito de rotina sobre a morte da minha velha amiga, a sra. Boynton. Foi de fato um caso chocante. É evidente que ela não deveria ter feito uma viagem tão exaustiva. Mas ela era teimosa, sr. Poirot. Sua família não podia fazer nada. Era uma tirana doméstica... e foi por muito tempo, a meu ver. Só se fazia o que ela dizia, é verdade.

Houve uma pausa momentânea.

– Só queria lhe dizer, sr. Poirot, que sou um velho amigo da família Boynton. Naturalmente, estão todos muito abalados com essa história; estão nervosos e bastante perturbados, sabe como é, não? Se houver qualquer providência a ser tomada... formalidades de praxe, trâmites para o funeral... transporte do corpo para Jerusalém, estou aqui disposto a fazer o que puder para poupá-los desse inconveniente. Basta me chamar para o que for necessário.

– Tenho certeza de que a família apreciará sua dedicação – comentou Poirot, e acrescentou: – O senhor é, me parece, um grande amigo da jovem sra. Boynton.

O sr. Jefferson Cope ficou um pouco vermelho.

– Não quero falar muito sobre isso, sr. Poirot. Soube que o senhor conversou com a sra. Lennox Boynton hoje de manhã, e ela deve ter lhe contado o que houve entre nós, mas agora está tudo acabado. A sra. Boynton é uma mulher muito especial e sente que seu dever é estar ao lado do marido neste momento tão doloroso.

Fez-se uma pausa. Poirot recebeu a informação com um pequeno gesto de cabeça. Depois, disse em voz baixa:

– O coronel Carbury deseja ter um relato preciso sobre a tarde em que a sra. Boynton morreu. O senhor poderia me contar o que aconteceu?

– Claro. Depois do almoço e de um breve descanso, resolvemos dar um pequeno passeio pelos arredores. Devo dizer que fiquei feliz de conseguir sair sem aquele guia pestilento. O sujeito cismou com os judeus. Não regula muito bem nesse ponto. De qualquer forma, como estava dizendo, fomos dar uma volta. Foi nesse momento que conversei com Nadine. Depois, ela quis ficar sozinha com o marido para discutirem algumas questões. Continuei caminhando em direção ao acampamento. Na metade do caminho, encontrei duas senhoras inglesas que haviam estado na excursão da manhã... uma delas é uma pessoa importante, não?

Poirot confirmou.

– Uma mulher encantadora, muito inteligente e bem-informada. A outra parecia a "prima pobre"... estava exausta. A expedição da manhã era muito puxada para uma mulher de idade, principalmente se ela tiver medo de altura. Bem, como estava dizendo, encontrei essas duas senhoras e lhes dei algumas informações sobre os nabateus. Passeamos um pouco e voltamos para o acampamento por volta das seis. Lady Westholme insistiu em tomar chá e tive o prazer de tomar uma xícara com ela... o chá estava meio fraco, mas tinha um gosto interessante. Os rapazes colocaram a mesa para o jantar e foram avisar a sra. Boynton, mas a encontraram morta, sentada na cadeira.

– O senhor reparou nela quando voltou para o acampamento?

– Reparei que ela estava lá... era o que fazia geralmente à tarde e à noite, mas não prestei muita atenção. No momento, estava explicando a lady Westholme as causas da nossa recessão econômica. E precisava ficar de olho na srta. Pierce também. Ela estava tão cansada que torcia o tornozelo o tempo todo.

– Obrigado, sr. Cope. Permita-me a indiscrição: o senhor sabe se a sra. Boynton deixou uma grande fortuna?

– Uma fortuna considerável. Na verdade, não era sua. Tinha o usufruto dessa fortuna, que em caso de morte deveria ser dividida entre os filhos do finado Elmer Boynton. Sim, todos viverão com conforto de agora em diante.

– Dinheiro – murmurou Poirot – faz muita diferença. Quantos crimes não foram cometidos por dinheiro?

O sr. Cope ficou um pouco assustado.

– Imagino que vários – admitiu.

Poirot sorriu docilmente e comentou:

– Mas existem muitos outros motivos para se cometer um crime, não é? Obrigado, sr. Cope, pela sua cooperação tão generosa.

– De nada, foi um prazer – disse o sr. Cope. – Não é a srta. King sentada ali? Acho que vou lá trocar umas palavras com ela.

Poirot continuou descendo a colina.

Encontrou a srta. Pierce vindo na direção contrária.

Cumprimentou-o ofegante.

– Sr. Poirot, que bom encontrá-lo! Estive conversando com aquela menina estranha... a mais nova, sabe? Ela disse coisas esquisitíssimas, sobre inimigos e um xeque que queria raptá-la... que está cercada de espiões. Tudo muito romântico! Lady Westholme diz que é bobagem, que ela teve uma empregada ruiva certa vez que contava o mesmo tipo de história, mas acho-a *severa* demais às vezes. Afinal, pode ser verdade, não, sr. Poirot? Li, alguns anos atrás, que uma das filhas do czar não morreu na Revolução Russa, e fugiu escondida para a América. A arquiduquesa Tatiana, acho. Talvez seja sua mãe, não? Ela falou muito sobre nobreza... e tem certo ar, não acha? Um pouco eslavo... as maçãs do rosto. Seria emocionante!

Poirot disse, em tom sentencioso:

– Realmente existem coisas estranhas na vida.

– Não percebi hoje de manhã quem era o senhor – disse a srta. Pierce, juntando as mãos. – O senhor é aquele detetive famosíssimo! Li *tudo* sobre o caso ABC. Foi tão *eletrizante*! Eu trabalhava como governanta perto de Doncaster na época.

Poirot murmurou alguma coisa. A srta. Pierce continuou, cada vez mais agitada.

– É por isso que pensei que talvez eu estivesse errada... hoje de manhã. Devemos sempre contar *tudo*, não é? Mesmo os detalhes mais insignificantes, por menos importantes que possam *parecer*. Porque, claro, se o senhor está metido nisso, a pobre sra. Boynton *deve* ter sido assassinada mesmo! Vejo isso agora. Acho que o sr. Mah Mud... não lembro o nome dele... o guia... será que é um *agente bolchevique*? Ou talvez até a srta. King? Creio que muitas moças de família pertencem ao terrível grupo de comunistas! Por isso fiquei pensando se *deveria* lhe contar... porque foi um pouco *peculiar*, se paramos para pensar.

– Precisamente – disse Poirot. – Portanto, quero que me conte tudo.

– Bem, na verdade, não é nada de mais. É apenas que na manhã seguinte à descoberta, acordei cedo e olhei para fora da minha tenda para ver o nascer do sol; mas o sol tinha nascido uma hora antes. Mas era *cedo*...

– Sim, sim. E a senhora viu?

– Essa é a parte interessante... no momento, não me *pareceu* relevante. Vi aquela menina Boynton sair de sua tenda e jogar algo no rio... nada de mais *nisso*, claro, mas o objeto *brilhava*... à luz do sol! Quando atravessou o ar. *Brilhou*, sabe?

– Que menina Boynton foi essa?

– Acho que a que chamam de Carol... uma moça muito bonita... parecida com o irmão... podiam ser *gêmeos*. Talvez tenha sido a mais nova. Não consegui enxergar direito, pois o sol batia no meu rosto. Mas acho que o cabelo não era ruivo... apenas avermelhado. Adoro esse tom no cabelo! Cabelos ruivos sempre me lembram *cenoura*! – riu.

– Então ela jogou fora um objeto brilhante? – indagou Poirot.

– Sim. E, é claro, como disse antes, não dei muita importância para aquilo *no momento*. Mas depois, saí para passear pela margem do rio e a srta. King estava lá. Ali, em meio a um monte de despojos... até latas... vi uma pequena caixa de metal... não muito quadrada... mais retangular, entende?

– Perfeitamente. Assim?

– Isso! Como o senhor é *inteligente*! E pensei com os meus botões: "Deve ter sido o que a menina Boynton jogou fora, mas é uma caixinha muito bonita". E, só por curiosidade mesmo, peguei a caixa e a abri. Tinha uma espécie de seringa lá dentro... igual à que enfiaram no meu braço quando me vacinei contra tifo. Pensei que era curioso jogar fora a seringa daquele jeito, se estava em perfeitas condições. Enquanto pensava isso, a srta. King falou alguma coisa atrás de mim. Não a tinha ouvido se aproximar. Ela falou: "Muito obrigada... minha seringa hipodérmica. Estava procurando essa seringa". Então, entreguei a seringa e ela voltou para o acampamento.

A srta. Pierce fez uma pausa e logo emendou:

– Claro, pode ser que não haja *nada de mais nisso*... só que me pareceu um pouco estranho o fato de Carol Boynton jogar fora a seringa da srta. King. Quer dizer, não é normal. Mas imagino que exista uma boa explicação.

Parou e ficou olhando para Poirot, em expectativa.

O rosto dele estava sério.

– Obrigado, mademoiselle. O que me contou pode não ser importante isoladamente, mas completa o quebra-cabeça! Tudo faz sentido agora.

– Sério? – a srta. Pierce enrubesceu, feliz como uma criança.

Poirot acompanhou-a até o hotel.

De volta ao quarto, adicionou uma linha a seu memorando. Poirot nº 10. "*Nunca esqueço. Lembre-se disso. Nunca me esqueci de nada...*"

– *Mais oui* – disse. – Está tudo claro agora!

Capítulo 15

– Tudo preparado! – anunciou Hercule Poirot.

Com um pequeno suspiro, recuou dois passos e contemplou a arrumação que fizera num quarto desocupado do hotel.

O coronel Carbury, reclinado de maneira deselegante na cama que havia sido encostada à parede, sorriu entre uma baforada e outra de seu cachimbo.

– Você é um sujeito engraçado, Poirot – disse. – Gosta de dramatizar.

– Talvez tenha razão – admitiu o pequeno detetive. – Mas não faço isso por prazer. Se vamos encenar uma comédia, precisamos armar o cenário.

– Isso é uma comédia?

– Mesmo que seja uma tragédia... a decoração precisa ser correta.

O coronel Carbury olhou-o com curiosidade.

– Bem – disse – você é quem sabe! Não sei onde quer chegar, mas sinto que tem alguma coisa em mente.

– Terei a honra de apresentá-lo ao que me pediu: a verdade!

– Acha que teremos uma condenação?

– Isso, meu amigo, não posso prometer.

– É verdade. Talvez prefira assim. Depende.

– Meus argumentos são fundamentalmente psicológicos – disse Poirot.

O coronel Carbury suspirou.

– Era o que eu temia.

– Mas vão convencê-lo – garantiu o detetive. – Com certeza. A verdade sempre me pareceu curiosa e bela.

– Às vezes – comentou o coronel Carbury – é bastante desagradável.

– Não, de jeito nenhum – exclamou Poirot. – Você está partindo do ponto de vista pessoal. Tente enxergar de maneira abstrata, do ponto de vista imparcial. Aí, a lógica absoluta dos acontecimentos é fascinante, segue uma ordem.

– Tentarei pensar assim – disse o coronel.

Poirot consultou seu relógio, antigo e pesado.

– Era do meu avô.

– Imaginei.

– Está na hora. Vamos começar – disse Poirot. – Você, *mon Colonel*, sentará aqui, atrás dessa mesa, em posição oficial.

– Certo – concordou Carbury. – Preciso colocar o uniforme?

– Não, não. Se me permitir, vou só ajeitar o nó da sua gravata. – Juntou à ação às palavras. O coronel Carbury sorriu mais uma vez, sentou-se na cadeira indicada e um pouco depois, inconscientemente, afrouxou o nó, fazendo a gravata parar embaixo da orelha esquerda de novo.

– Aqui – continuou Poirot, mudando ligeiramente as cadeiras de lugar – ficará *la famille Boynton*. E ali – prosseguiu – ficarão as três pessoas de fora que tiveram participação importante no caso: o dr. Gerard, de quem a acusação depende; a srta. Sarah King, que tem dois interesses diferentes na história, um pessoal e outro profissional; e o sr. Jefferson Cope, amigo íntimo da família Boynton, que é, portanto, parte interessada no assunto.

Parou de repente.

– Ah, aí vêm eles.

Abriu a porta para o grupo entrar.

Lennox Boynton e a mulher entraram primeiro. Raymond e Carol vieram logo atrás. Ginevra apareceu sozinha, com um sorriso distante nos lábios. O dr. Gerard e Sarah King foram os penúltimos, e o sr. Jefferson Cope chegou alguns minutos depois, desculpando-se pelo atraso.

Quando todos se sentaram, Poirot deu um passo à frente.

– Senhoras e senhores – disse –, esta é uma reunião totalmente informal. Aconteceu devido ao acaso da minha presença em Amã. O coronel Carbury me deu a honra de me consultar...

Poirot foi interrompido. A interrupção veio de onde menos se esperava. Lennox Boynton perguntou subitamente, de modo pugnaz:

– Por quê? Por que o coronel tinha que metê-lo nisso?

Poirot fez um gesto gracioso com a mão.

– Costumam me chamar em casos de morte repentina.

Lennox Boynton indagou:

– O senhor é chamado pelos médicos sempre que há um caso de insuficiência cardíaca?

Poirot respondeu calmamente:

– Insuficiência cardíaca é um termo muito vago.

O coronel Carbury pigarreou. Era um ruído oficial. Falou num tom profissional:

– Melhor esclarecermos. As circunstâncias da morte me foram passadas. Uma ocorrência natural. O tempo quente demais... uma viagem exaustiva para uma senhora de idade e saúde instável. Até aí, tudo bem. Mas o dr. Gerard, por conta própria, veio me contar uma coisa...

Olhou para Poirot com ar interrogativo. O detetive mandou-o prosseguir.

– O dr. Gerard é um médico reconhecido mundialmente. Qualquer declaração sua é digna de atenção. Pois bem. Ele me afirmou que na manhã seguinte à morte da sra. Boynton reparou que faltava certa quantidade de uma potente droga para o coração em sua maleta de medicamentos. Na tarde anterior, ele tinha notado o desaparecimento de uma seringa hipodérmica. A seringa foi recolocada no lugar durante a noite. Questão final: havia, no pulso da mulher morta, um furo causado por uma agulha desse tipo.

O coronel Carbury fez uma pausa.

– Nessas circunstâncias, achei que era dever das autoridades cuidar do caso. O sr. Hercule Poirot, que era meu hóspede, ofereceu muito gentilmente seus serviços especializados. Concedi-lhe total autonomia para investigar o que quisesse. Estamos aqui reunidos agora para ouvir seu relato sobre o assunto.

Houve silêncio, um silêncio tão profundo que daria para ouvir, como se diz, um alfinete cair. Na verdade, alguém deixou cair algo no quarto ao lado, provavelmente um sapato, que soou como uma bomba naquela atmosfera abafada.

Poirot olhou para o grupo de três pessoas à sua direita, depois para as cinco pessoas reunidas à sua esquerda, um grupo de pessoas com os olhos assustados.

Disse com tranquilidade:

– Quando o coronel Carbury me contou o caso, dei minha opinião profissional. Expliquei que talvez não fosse possível conseguir provas, provas que valessem num tribunal, mas garanti que chegaria à verdade, simplesmente interrogando as pessoas envolvidas. Pois, devo lhes dizer, meus amigos, que para investigar um crime basta deixar o culpado ou os culpados *falarem.* No final, eles sempre dizem o que queremos saber! – Fez uma pausa. –

Pois então. Neste caso, apesar de terem mentido, também me disseram a verdade, mesmo sem querer.

Ouviu um leve suspiro, o arrastar de uma cadeira à direita, mas não olhou em volta. Manteve o olhar fixo nos Boynton.

– Primeiro, considerei a possibilidade de que a sra. Boynton tivesse morrido de morte natural... o que refutei logo em seguida. O desaparecimento da droga, da seringa e, acima de tudo, a atitude da família da morta fizeram-me abandonar essa hipótese. A sra. Boynton não só foi assassinada a sangue-frio, como também todos os membros da família estavam cientes disso! Reagiram coletivamente como culpados. Mas existem vários graus de culpa. Examinei as evidências com cuidado para verificar se o assassinato – sim, foi um *assassinato* – havia sido cometido pela família em comum acordo, *segundo um plano*. Havia, devo dizer, motivos de sobra. Todos ganhariam com sua morte, tanto no sentido pecuniário, porque alcançariam na hora independência financeira com uma considerável fortuna, como no sentido emocional, porque se livrariam de uma tirania quase insuportável. Continuando: cheguei à conclusão de que a teoria do assassinato em conjunto não se sustentava. As histórias contadas pelos membros da família Boynton não batiam uma com a outra, e não havia nenhum sistema de álibis estruturado. Os fatos pareciam mostrar que um ou talvez dois membros da família tivessem agido juntos, e que os outros fossem apenas coadjuvantes. Depois comecei a me perguntar qual membro ou membros seriam os mais indicados. Aqui, devo confessar, fui influenciado por uma parte das evidências da qual só eu tinha conhecimento.

Nesse momento, Poirot contou o que acontecera em Jerusalém.

– Naturalmente, isso apontava o sr. Raymond como o principal suspeito. Estudando a família, concluí que o interlocutor mais provável de Raymond aquela noite era sua irmã Carol. Os dois se parecem muito, tanto fisicamente quanto no temperamento. Ou seja, ambos possuem afinidade e a rebeldia necessária para cometer tal ato. O motivo era parcialmente altruísta: livrar a família inteira, e sobretudo a irmã mais nova, das garras da mãe, o que torna tudo mais plausível. – Poirot parou um minuto.

Raymond Boynton chegou a abrir a boca, mas não falou nada. Fitava Poirot, com uma expressão de agonia.

– Antes de entrar no caso de Raymond Boynton, gostaria de ler uma lista de pontos significativos que mostrei para o coronel Carbury hoje à tarde.

Pontos significativos

1. A sra. Boynton estava tomando um medicamento que continha digitalis.

2. O dr. Gerard deu por falta de sua seringa hipodérmica.

3. A sra. Boynton tinha prazer em impedir que a família se relacionasse com outras pessoas.

4. A sra. Boynton, naquela tarde, incentivou a família a sair e deixá-la sozinha.

5. A sra. Boynton era sádica.

6. A distância entre a tenda principal e o lugar onde a sra. Boynton estava sentada era de aproximadamente duzentos metros.

7. O sr. Lennox Boynton disse a princípio que não sabia a hora em que tinha voltado para o acampamento, mas depois admitiu que tinha acertado o relógio de pulso da mãe e falou a hora exata.

8. O dr. Gerard e a srta. Ginevra Boynton ocupavam tendas contíguas.

9. Às seis e meia, quando o jantar ficou pronto, um empregado foi enviado para avisar a sra. Boynton.

10. A sra. Boynton, em Jerusalém, usou estas palavras: "Nunca esqueço. Lembre-se disso. Nunca me esqueci de nada".

– Apesar de eu ter enumerado os pontos separadamente, eles podem ser agrupados em pares. É o caso, por exemplo, dos dois primeiros. *A sra. Boynton estava tomando um medicamento contendo digitalis* e *o dr. Gerard deu por falta de sua seringa hipodérmica.* Esses dois pontos foram a primeira coisa que me chamou atenção no caso, e devo dizer que me pareceram bastante estranhos... quase incompatíveis. Não estão entendendo o que quero dizer? Não importa. Voltarei a essa questão daqui a pouco. Basta dizer que reparei nesses dois pontos como algo a ser explicado melhor. Concluirei agora minha avaliação sobre a chance de culpa de Raymond Boynton. Os fatos são os seguintes: ele foi ouvido discutindo a possibilidade de matar a sra. Boynton. Estava muito nervoso. Havia atravessado, perdoe-me, mademoiselle – curvou-se para Sarah –, um momento de grande crise emocional. Ou seja, estava apaixonado. A exaltação de seus sentimentos poderia levá-lo a agir de diversas formas. Ele poderia sentir-se enternecido e em paz com o mundo em geral, incluindo a madrasta. Poderia sentir coragem de finalmente desafiá-la e livrar-se de sua influência. Ou poderia ter encontrado o incentivo que faltava para tirar o crime do papel e colocá-lo em prática. Mas isso é psicologia! Examinemos os *fatos*. Raymond Boynton deixou o acampamento com os outros às três e quinze, aproximadamente. A sra. Boynton estava viva nesse momento, e passava bem. Pouco depois, Raymond e Sarah King tiveram um *tête-à-tête*. Raymond deixou-a sozinha. De acordo com ele, voltou ao acampamento às dez para as seis. Foi falar com a mãe, trocou algumas palavras com ela e retornou à sua tenda. Depois, desceu à tenda principal. Raymond Boynton afirma que às dez para as seis *a sra. Boynton estava perfeitamente bem.* Mas aqui há um fato que contradiz diretamente essa afirmação. Às seis e meia, a morte da sra. Boynton foi descoberta por um empregado. A srta. King, diplomada em medicina, examinou o corpo e é capaz de jurar – apesar de naquele momento não ter dado atenção à hora do óbito – que a morte teria acontecido *com certeza* pelo menos uma hora antes (e provavelmente *muito antes*) das seis horas da tarde. Temos aqui, vejam bem, duas afirmações contraditórias. Deixando de lado a possibilidade de que a srta. King tenha se enganado...

Sarah interrompeu-o.

– Não costumo me enganar. Quer dizer, se isso tivesse acontecido, eu admitiria.

Seu tom era duro e claro.

Poirot curvou-se para ela, de maneira educada.

– Então, existem apenas duas possibilidades: ou a srta. King está mentindo, ou o sr. Boynton está mentindo! Vejamos as razões para Raymond Boynton mentir. Pressupondo que a srta. King *não* esteja enganada e *não* esteja mentindo deliberadamente, qual seria então a sequência dos acontecimentos? Raymond Boynton volta para o acampamento, vê a mãe sentada na entrada da caverna, vai falar com ela e descobre que está morta. O que ele faz? Pede ajuda? Informa de imediato as pessoas do acampamento? Não, espera um ou dois minutos, vai para a sua tenda, depois encontra sua família na principal e *não fala nada.* Tal conduta seria um tanto curiosa, não?

Raymond disse, com a voz nervosa e aguda:

– Seria tolice, claro. O que comprova que minha mãe estava viva e bem como eu disse. A srta. King estava transtornada e se enganou.

– Fico me perguntando – disse Poirot, continuando calmamente – qual seria a explicação para tal conduta.

Parece que Raymond Boynton *não pode ser culpado*, já que no momento em que foi falar com a madrasta aquela tarde, *ela já estava morta há algum tempo*. Agora, supondo que Raymond Boynton seja *inocente*, temos como explicar seu comportamento? Temos. Lembro-me do fragmento daquela conversa que ouvi sem querer: "*Você entende que ela tem de ser assassinada, não entende?*". Ele volta de seu passeio e encontra a madrasta morta. Imediatamente, sua memória culpada lhe apresenta uma possibilidade. O plano foi colocado em prática, não por ele, mas por sua parceira. *Tout simplement...* Raymond suspeita da irmã, Carol Boynton.

– É mentira – disse Raymond, com a voz baixa e trêmula.

Poirot prosseguiu:

– Analisemos agora a possibilidade de que Carol Boynton seja a assassina. Quais as provas contra ela? Ela tem o mesmo temperamento exaltado, o tipo de temperamento que poderia levá-la a considerar um assassinato como um ato de heroísmo. Era com ela que Raymond Boynton estava falando aquela noite em Jerusalém. Carol Boynton voltou para o acampamento às cinco e dez. De acordo com sua própria versão, ela subiu e foi falar com a mãe. Ninguém a viu. O acampamento estava deserto... os empregados estavam dormindo. Lady Westholme, a srta. Pierce e o sr. Cope exploravam cavernas longe dali. Não houve testemunhas da possível atuação de Carol Boynton. O tempo bate. A acusação contra ela, portanto, é perfeitamente plausível.

Fez uma pausa. Carol ergueu a cabeça. Seus olhos olhavam fixamente os de Poirot, com certa tristeza.

– Existe uma outra questão. Na manhã seguinte, bem cedinho, Carol foi vista jogando alguma coisa no rio. Há motivo para crer que tal coisa fosse uma seringa hipodérmica.

– Como? – soltou o dr. Gerard, surpreso. – Minha seringa hipodérmica *foi devolvida*. Está comigo agora.

Poirot balançou a cabeça.

– Sim, eu sei. Essa segunda seringa hipodérmica é um fato muito curioso... muito interessante. Pelo que entendo, essa seringa pertencia à srta. King. Estou certo?

Sarah parou por uma fração de segundo.

Carol falou rapidamente:

– A seringa não era da srta. King. Era minha.

– Então, a senhorita admite que a jogou fora?

Ela hesitou um pouco em responder, mas disse:

– Claro. Por que não deveria?

– Carol! – Nadine exclamou. Estava inclinada para a frente, com os olhos arregalados, aflitos. – Carol... Eu não entendo...

Carol virou-se e olhou-a. Havia certa hostilidade em seu olhar.

– Não há nada para entender! Joguei fora uma seringa hipodérmica velha. Nunca toquei... no veneno.

Sarah intrometeu-se:

– É verdade o que a srta. Pierce lhe contou, sr. Poirot. A seringa *era* minha.

Poirot sorriu.

– Essa história de seringa está muito confusa... mas, acredito, pode ser explicada. Bem, agora temos dois casos formados: o caso da inocência de Raymond Boynton e o caso da culpa de sua irmã Carol. Mas sou muito justo. Olho sempre os dois lados. Vejamos agora o que deve ter ocorrido se Carol for inocente. Ela volta para o acampamento, sobe para falar com a madrasta e a encontra, digamos, morta! Qual a primeira coisa que ela pensa? Suspeita que o irmão, Raymond, matou a madrasta. Sem saber o que fazer, resolve ficar calada. Logo em seguida, cerca de uma hora depois, Raymond Boynton volta e, tendo supostamente falado com a mãe, *não comenta nada de anormal*. Vocês não acham que então suas suspeitas se confirmariam? Talvez ela vá à tenda e encontre lá uma seringa hipodérmica. Aí, tem *certeza*! Pega a seringa rapidamente e a esconde. Na manhã seguinte, joga-a o mais longe possível. Há mais uma indicação de que Carol Boynton é inocente. Ela me garantiu que ela e o irmão nunca pretenderam realmente levar a cabo seu plano. Peço-lhe para jurar, e ela jura imediatamente e com grande solenidade que não é culpada do crime! Vejam, é assim que ela coloca a questão. Não jura que *os dois* não são culpados. Jura por *si mesma*, não pelo irmão... e acha que não vou prestar atenção no pronome. Bem, esse é o caso da inocência de Carol Boynton. Agora, dando um passo atrás, consideremos não a inocência, mas a possível culpa de Raymond. Suponhamos que Carol esteja falando a verdade, que a sra. Boynton estava viva às cinco e dez. Em que circunstâncias Raymond pode ser culpado? Pode ser que tenha matado a mãe às dez para as seis, quando foi falar com ela. Havia empregados por perto, é verdade, mas a luz estava diminuindo. Poderia ter feito. A srta. King, nesse caso, teria mentido. Lembrem-se, ela voltou para o acampamento apenas cinco minutos depois de Raymond. À distância, o teria visto falando com a mãe. Quando a sra. Boynton é encontrada morta mais tarde, a srta. King chega à conclusão de que *Raymond a matou* e, para inocentá-lo ela mente... sabendo que o dr. Gerard estava acamado com febre e não poderia desmenti-la!

– Eu *não* menti! – afirmou Sarah.

– Existe ainda outra possibilidade. A srta. King, como eu disse, chegou ao acampamento alguns minutos depois de Raymond. Se Raymond Boynton encontrou sua mãe com vida, pode ter sido *a srta. King* quem lhe administrou a injeção fatal. Ela achava a sra. Boynton essencialmente má. Por ter julgado que fazia justiça. Isso explicaria também a mentira a respeito da hora da morte.

Sarah ficou pálida. Com a voz baixa e firme, disse:

– É verdade que falei da conveniência de uma pessoa morrer para salvar muitas. Foi o Lugar do Sacrifício que me deu essa ideia. Mas posso jurar-lhes que nunca toquei um dedo naquela velha desagradável... nem jamais me passou pela cabeça nada do gênero!

– E, mesmo assim – disse Poirot, suavemente –, um de vocês dois *tem que estar mentindo*.

Raymond Boynton mudou de posição na cadeira. Gritou, com impeto:

– O senhor venceu, sr. Poirot! Fui eu que menti. Minha mãe já estava morta quando fui falar com ela. Fiquei desnorteado. Estava indo conversar sério com ela, dizer que dali para frente eu seria livre, tudo planejado... e ela estava morta! Sua mão fria e mole. E pensei... exatamente como o senhor disse. Que talvez Carol... a marca no pulso...

Poirot disse rapidamente:

– Esse é o único ponto que não entendi por completo. Qual era o método que vocês pretendiam empregar? Vocês *tinham* um método... ligado à seringa hipodérmica. Até aí eu sei. Se quiser que eu acredite em você, terá que me contar o resto.

Raymond falou sem pestanejar:

– Era um método que eu tinha visto num livro... uma história de detetive... você espeta uma seringa hipodérmica vazia numa pessoa e pronto. Parecia algo perfeitamente científico. Resolvi fazer dessa forma.

– Ah – disse Poirot. – Compreendo. E você comprou uma seringa?

– Não. Na verdade, peguei a de Nadine.

Poirot lançou um rápido olhar a Nadine.

– A seringa que estava na sua bagagem em Jerusalém? – indagou.

O rosto da jovem corou ligeiramente.

– Eu não sabia ao certo que fim tinha levado – murmurou.

Poirot comentou:

– A senhora é muito rápida de raciocínio, madame.

Capítulo 16

Houve uma pausa. Depois, limpando a garganta, com um som de pigarro, Poirot continuou:

– Resolvemos agora o mistério do que eu chamaria *a segunda seringa hipodérmica.* Pertencia à sra. Lennox Boynton e foi parar nas mãos de Raymond Boynton antes de sair de Jerusalém. Depois da descoberta da morte, ficou em poder de Carol, que a jogou fora, sendo encontrada mais tarde pela srta. Pierce. A srta. King afirmou que a seringa era dela, e suponho que esteja com ela agora.

– Estou sim – confirmou Sarah.

– Então, ao declarar há pouco que a seringa era sua, a senhorita estava fazendo exatamente o que afirmou jamais fazer: estava mentindo.

Sarah disse, sem se alterar:

– É um tipo diferente de mentira. Não é... não é uma mentira *profissional.*

Gerard concordou com um gesto de cabeça.

– Sim, esse é um ponto importante. Entendo-a perfeitamente, mademoiselle.

– Obrigada – disse Sarah.

Poirot pigarreou mais uma vez.

– Vamos rever nossa tabela de horários. Então:

A família Boynton e Jefferson Cope deixam o acampamento	15h15 (aprox.)
O dr. Gerard e Sarah King deixam o acampamento	15h15 (aprox.)
Lady Westholme e a srta. Pierce deixam o acampamento	16h15
O dr. Gerard volta para o acampamento	16h20 (aprox.)
Lennox Boynton volta para o acampamento	16h35
Nadine Boynton volta para o acampamento e fala com a sra. Boynton	16h40
Nadine Boynton deixa a sogra e vai para a tenda principal	16h50 (aprox.)
Carol Boynton volta para o acampamento	17h10
Lady Westholme, srta. Pierce e sr. Jefferson Cope voltam para o acampamento	17h40
Raymond Boynton volta para o acampamento	17h50
Sarah King volta para o acampamento	18h00
Descoberta do corpo	18h30

– Existe, como se pode reparar, um intervalo de vinte minutos entre 16h50, quando Nadine Boynton deixou sua sogra, e 17h10, quando Carol voltou. Portanto, se Carol estiver falando a verdade, a sra. Boynton deve ter sido assassinada nesses vinte minutos. Agora, quem poderia tê-la matado? Naquele momento, a srta. King e Raymond Boynton estavam juntos. O sr. Cope, não que tivesse algum motivo especial para matar a sra. Boynton, tinha um álibi. Estava em companhia de lady Westholme e da srta. Pierce. Lennox Boynton encontrava-se na tenda principal, com a esposa. O dr. Gerard ardia de febre em sua tenda. O acampamento estava deserto, os empregados estavam dormindo. É o momento certo para cometer um crime! Existe alguém que possa tê-lo cometido?

Seus olhos voltaram-se pensativamente para Ginevra Boynton.

– *Existe uma pessoa.* Ginevra Boynton passou a tarde inteira em sua tenda. Foi o que ela disse... mas existem provas de que ela não ficou o tempo todo lá. Ginevra Boynton fez uma observação muito significativa. Disse que o dr. Gerard falou seu nome quando estava com febre. E o dr. Gerard também nos contou que sonhou com o rosto de Ginevra Boynton. Mas não foi sonho! Foi o rosto dela de verdade que ele viu. Pensou que tivesse sido delírio da febre, mas era a realidade. Ginevra foi à tenda do dr. Gerard. Não teria ido devolver a seringa hipodérmica depois de usá-la?

Ginevra Boynton ergueu a cabeça com sua coroa de cabelos dourados. Seus grandes e lindos olhos encararam Poirot, o olhar pouco expressivo. Parecia uma santa.

– *Ah, ça non!* – exclamou o dr. Gerard.

– É algo assim tão impossível do ponto de vista psicológico? – indagou Poirot.

O francês baixou os olhos.

Nadine Boynton disse com rispidez:

– É impossível!

Poirot olhou rapidamente para ela.

– Impossível, madame?

– Sim. – Fez uma pausa, mordeu os lábios e prosseguiu: – Não ficarei aqui ouvindo uma acusação tão disparatada contra minha cunhada. Todos nós sabemos que é impossível.

Ginevra mexeu-se um pouco na cadeira. As linhas de sua boca transformaram-se em um sorriso, o sorriso comovente, inocente e semi-inconsciente de uma menina.

Nadine repetiu:

– Impossível.

Seu rosto afável endureceu, revelando determinação. Os olhos que fitavam Poirot eram inflexíveis.

Poirot inclinou-se para a frente, numa meia mesura.

– Madame é muito inteligente – disse.

Nadine perguntou tranquilamente:

– O que o senhor quer dizer com isso, sr. Poirot?

– Quero dizer, madame, que o tempo todo percebi que a senhora é o que se chama, creio, uma "excelente cabeça".

– O senhor está exagerando.

– Não estou não. A senhora sempre encarou a situação calmamente, como um todo. Manteve uma boa relação com a mãe de seu marido, considerando que era a melhor coisa a fazer, mas por dentro a senhora a julgava e condenava. Creio que há um tempo a senhora se deu conta de que a única chance de felicidade para seu marido seria sair de casa... se virar sozinho, por mais difícil que se tornasse a vida. A senhora estava disposta a correr todos os riscos e fez de tudo para influenciá-lo nessa direção. Mas a senhora fracassou, madame. Lennox Boynton já não tinha *desejo de liberdade*. Estava satisfeito naquela condição de apatia e melancolia. Agora, não tenho a menor dúvida, madame, de que a senhora ama seu marido. Sua decisão de abandoná-lo não foi motivada por um amor maior por outro homem. Foi, creio eu, um gesto desesperado, uma última tentativa. Uma mulher na sua posição só poderia tentar três coisas. Poderia tentar pedir. Isso, como já disse, não deu certo. Poderia ameaçar partir. Mas é possível que nem isso mudasse a postura de Lennox Boynton. Ele mergulharia numa infelicidade maior, mas não se rebelaria. Havia uma última cartada: *Ir embora com outro homem.* O ciúme, o sentimento de posse, é um dos instintos mais enraizados na natureza do homem. A senhora foi inteligente em tentar mexer com isso. Se Lennox Boynton a deixasse ir com outro homem, sem fazer objeção, seria prova de que estava além de qualquer possibilidade de ajuda humana, e seria melhor mesmo a senhora procurar refazer sua vida em outro lugar. Mas suponhamos que até esse último recurso tenha dado errado. Seu marido ficou terrivelmente aborrecido com sua decisão, mas, apesar disso, não reagiu como a senhora esperava, de modo primitivo, com um surto de possessividade. Haveria algo que pudesse salvar seu marido de sua condição mental cada vez mais crítica? Só uma coisa. *Se a madrasta morresse*, talvez não fosse tarde demais. Ele começaria uma nova vida como um homem livre, reconstruindo dentro de si a independência e a virilidade.

Poirot fez uma pausa e repetiu suavemente:

– Se a sua sogra morresse...

Os olhos de Nadine continuavam fixos nele. Com frieza na voz, ela disse:

– O senhor está insinuando que eu contribuí para o que aconteceu? Impossível, sr. Poirot. Depois de ter dado a notícia de minha partida à sra. Boynton, fui direto para a tenda principal e encontrei Lennox. Não saí de lá até minha sogra ser encontrada morta. Posso ser culpada pela sua morte de certa forma, por conta do choque que lhe causei... o que, claro, pressupõe uma morte natural. Mas se, como o senhor diz, apesar de não ter nenhuma prova e não poder saber até que seja feita uma autópsia, ela foi deliberadamente assassinada, não havia como ser *eu* a pessoa que a matou.

Poirot disse:

– A senhora não saiu da marquise até encontrarem sua sogra morta. Isso foi o que acabou de afirmar. Esse, sra. Boynton, foi um dos pontos que me pareceram curiosos nesse caso.

– O que o senhor quer dizer?

– Está aqui na minha lista. Ponto nove. Às seis e meia, quando o jantar ficou pronto, um empregado foi enviado para avisar a sra. Boynton.

Raymond disse:

– Não entendo.

– Nem eu – completou Carol.

Poirot olhou para um e para outro.

– Não estão entendendo, não é? "Um empregado foi enviado"... Por que um *empregado*? Vocês não eram tão assíduos em atender a velha senhora? Não é verdade que um de vocês sempre a acompanhava ao lugar das refeições? Ela estava enferma, tinha dificuldade de se levantar da cadeira sem ajuda. Havia sempre alguém do seu lado. Imagino, portanto, que ao ser anunciado o jantar, o natural fosse algum membro da família ir ajudá-la. Mas ninguém se ofereceu. Ficaram todos lá sentados, paralisados, olhando um para o outro, perguntando-se, talvez, por que ninguém ia.

Nadine falou duramente:

– Isso tudo é absurdo, sr. Poirot! Estávamos todos cansados naquela noite. Deveríamos ter ido, é verdade, mas naquela noite simplesmente não fomos!

– Exato... exato.. *bem naquela noite!* A senhora, madame, talvez fosse quem mais se ocupava dela. Foi um dos deveres que aceitou mecanicamente. Mas naquela noite a senhora não se ofereceu para ajudá-la. Por quê? É o que me pergunto: por quê? E lhe digo a resposta: *Porque a senhora sabia muito bem que ela estava morta*... Não, não me interrompa, madame. – Levantou a mão, num gesto súbito. – Agora vocês vão me ouvir... Hercule Poirot! Houve testemunhas de sua conversa com sua sogra, testemunhas que conseguiram *ver*, mas não *ouvir*! Lady Westholme e a srta. Pierce estavam muito distantes. Viram a senhora *aparentemente* conversando com sua sogra, mas que prova existe do que realmente se passou? Proponho-lhe uma pequena teoria. A senhora é inteligente, madame. Se do seu jeito calmo e sereno a senhora planejou, digamos, a *eliminação* da mãe de seu marido, vai realizar o plano com inteligência e a devida preparação. A senhora teve acesso à tenda do dr. Gerard durante sua ausência na manhã da excursão. Tinha certeza de encontrar a droga certa. Sua prática de enfermagem a ajudou. A senhora escolhe digitoxina, o mesmo tipo de droga que a sra. Boynton estava tomando, pega também a seringa hipodérmica, uma vez que a sua havia desaparecido, deixando-a muito aborrecida. A senhora promete a si mesma que devolverá a seringa antes que o médico note sua falta. Antes de dar início ao plano, a senhora faz uma última tentativa para que seu marido tome alguma iniciativa. Informa-lhe que se casará com Jefferson Cope. Apesar de ficar muito chateado, seu marido não reage como a senhora previu, de modo que se vê obrigada a colocar em prática seu plano de assassinato. A senhora volta para o acampamento e troca algumas palavras com lady Westholme e a srta. Pierce, tudo muito natural, ao subir para o local em que sua sogra está sentada. A seringa está preparada. É fácil agarrar o pulso dela e, eficiente como a senhora é pela prática, enfiar a agulha e pressionar o êmbolo. Isso é feito antes que sua sogra perceba o que está acontecendo. Lá embaixo no vale, os outros só veem a senhora conversando com ela, inclinada em sua direção. Depois, com tranquilidade, a senhora pega uma cadeira e fica lá sentada, aparentemente conversando de forma amigável por alguns minutos. A morte deve ter sido quase instantânea. Está sentada conversando com uma mulher morta, mas quem poderá saber? Depois, a senhora devolve a cadeira e desce para a tenda principal, onde encontra seu marido lendo um livro. Toma o cuidado de não sair de lá! A morte da sra. Boynton será certamente atribuída a um colapso cardíaco. Estará ligada, na verdade, a isso mesmo. Seu plano só falhou numa coisa: a senhora não consegue devolver a seringa do dr. Gerard porque o médico está lá, acamado pela malária... e, apesar de a senhora não saber, *ele já tinha dado por falta da seringa*. Essa, madame, foi a falha no que seria um plano perfeito.

Houve silêncio... um silêncio mortal por um momento, até que Lennox Boynton se levanta.

– Não – gritou. – É tudo mentira. Nadine não fez nada. Não tinha como fazer. Minha mãe já estava morta.

– Ah! – os olhos de Poirot dirigiram-se vagarosamente para ele. – Então foi *o senhor* que a matou, sr. Boynton.

Mais um momento de pausa. Então, Lennox recostou-se de novo na cadeira e cobriu o rosto com as mãos trêmulas.

– Sim, é isso mesmo... eu a matei.

– O senhor pegou a digitoxina da tenda do dr. Gerard?

– Sim.

– Quando?

– Como o senhor disse, de manhã.

– E a seringa?

– A seringa? A seringa também.

– Por que a matou?

– Isso é uma pergunta?

– Quero saber, sr. Boynton!

– Mas o senhor já *sabe*... minha mulher ia me deixar, pelo sr. Cope...

– Sim, mas o senhor só soube disso naquela *tarde*.

Lennox fitou-o espantado.

– É verdade. Quando estávamos fora...

– Mas o senhor pegou o veneno e a seringa *de manhã, antes* de saber?

– Por que o senhor me atormenta com tantas perguntas? – fez uma pausa e passou a mão trêmula na testa. – O que importa isso agora?

– Importa muito. Melhor falar a verdade, sr. Lennox.

– A verdade? – Lennox olhou fixo para o detetive.

– Foi o que eu disse: a verdade.

– Por Deus, direi a verdade – disse Lennox de repente. – Mas não sei se o senhor vai acreditar em mim – respirou fundo. – Naquela tarde, quando deixei Nadine, estava destruído. Jamais imaginei que ela fosse me abandonar por outro. Quase enlouqueci! Senti como se estivesse bêbado ou me recuperando de uma doença grave.

Poirot acenou que entendia com a cabeça e disse:

– Reparei na descrição de lady Westholme do seu modo de andar quando passou por ela. Foi por isso que soube que sua mulher não estava falando a verdade ao contar que falara com o senhor *depois* de voltarem para o acampamento. Continue, sr. Boynton.

– Mal sabia o que estava fazendo... mas, ao me aproximar, minha cabeça clareou. Percebi de repente que só podia culpar a mim mesmo! Tinha sido um verme miserável! Deveria ter desafiado minha madrasta e ido embora muitos anos antes. Mas me ocorreu naquele momento que talvez não fosse tarde demais. Ali estava ela, a velha diaba, sentada como um ídolo obsceno em frente às rochas vermelhas. Fui direto falar com ela. Queria dizer tudo o que pensava e comunicar que ia embora. Tive a ideia louca de partir naquela mesma noite... desaparecer com Nadine e chegar a Ma'an ainda naquele dia.

– Ah, Lennox, meu querido...

Foi um suspiro longo e suave.

Ele continuou:

– E então, meu Deus, fiquei apavorado! Ela estava morta. Ali sentada... morta... Não sabia o que fazer... fiquei atordoado... tonto... tudo o que ia lhe jogar na cara ficou entalado na garganta, como chumbo... não sei explicar... Era como se eu tivesse me transformado numa pedra. Sentia-me assim. Fiz um gesto mecânico: peguei seu relógio de pulso que estava no seu colo e coloquei-o de volta em seu braço... aquele horrível braço de morta...

Estremeceu.

– Meu Deus, foi horrível... Desci correndo para a tenda principal. Deveria ter chamado alguém, mas não consegui. Fiquei lá sentado, virando as páginas... esperando...

Parou.

– O senhor não acreditará nisso. É difícil acreditar mesmo. Por que não chamei ninguém? Por que não contei a Nadine? Não sei.

O dr. Gerard limpou a garganta.

– O seu depoimento é perfeitamente plausível, sr. Boynton – disse. – O senhor estava num estado de tensão nervosa. Dois grandes choques seguidos seriam suficientes para deixá-lo nas condições que descreveu. É a reação de Weissenhalter, mais bem exemplificada no caso do pássaro que bate a cabeça numa janela. Mesmo depois de se recuperar, evita instintivamente qualquer ação, dando tempo de seus centros nervosos se reajustarem... Não me expresso muito bem em inglês, mas o que quero dizer é o seguinte: *O senhor não poderia ter agido de outra forma.* Qualquer tipo de ação decisiva seria impossível. O senhor passou por um período de paralisia mental.

Voltou-se para Poirot.

– Garanto que foi isso, meu amigo!

– Não tenho dúvida – disse Poirot. – Havia um pequeno detalhe que eu já notara... o fato de o sr. Boynton ter recolocado o relógio de pulso da mãe no lugar. Cabem duas explicações aqui: o ato pode ter sido para disfarçar o crime, ou a sra. Boynton interpretou mal o que viu. Ela voltou apenas cinco minutos depois do marido. Deve ter visto o que aconteceu. Quando foi falar com a sogra e a encontrou morta com a marca da seringa hipodérmica no braço, podia naturalmente ter concluído que seu marido a matara, que o fato de saber que ia deixá-lo produziu nele uma reação diferente do que esperava. Em suma, Nadine Boynton acreditou que incitara o marido a cometer o crime.

Olhou para Nadine.

– Estou certo, madame?

Ela confirmou com a cabeça. Depois perguntou:

– O senhor *realmente* suspeitou de mim, sr. Poirot?

– Achei que fosse uma possibilidade, madame.

Ela inclinou-se para a frente.

– E agora? *O que realmente aconteceu, sr. Poirot?*

Capítulo 17

– O que realmente aconteceu? – repetiu Poirot.

Puxou uma cadeira e sentou-se. Falava agora em tom cordial... informal.

– Uma boa pergunta. Porque sabemos que a digitoxina foi mesmo roubada, a seringa desapareceu e havia a marca de uma picada de agulha no braço da sra. Boynton. Dentro de alguns dias saberemos definitivamente, graças à autópsia, se a sra. Boynton morreu ou não de uma dose excessiva de digitalis. Mas aí talvez já seja tarde demais! Seria melhor descobrir a verdade esta noite... enquanto o assassino ainda está aqui, a nosso alcance.

Nadine levantou a cabeça de repente.

– O senhor está dizendo que ainda acredita... que um de nós... aqui nesta sala... – sua voz sumiu.

Poirot acenava lentamente com a cabeça.

– A verdade, foi o que prometi ao coronel Carbury. Portanto, tendo desimpedido nosso caminho, voltamos aonde eu estava, no começo do dia, escrevendo uma lista de fatos e me deparando com duas incoerências evidentes.

O coronel Carbury falou pela primeira vez.

– Poderia dizer que incoerências são essas? – indagou.

Poirot respondeu com dignidade:

– Já vou dizer. Recomeçaremos com os dois primeiros fatos da minha lista. *A sra. Boynton estava tomando um medicamento contendo digitalis* e *o dr. Gerard deu por falta de sua seringa hipodérmica.* Confrontemos esses dois elementos com o fato inegável, o qual me saltou imediatamente aos olhos, de que a família Boynton revelou inequívocas reações de culpa. Pareceria certo, portanto, pensar que um dos membros da família Boynton *cometera* o crime! E, no entanto, os dois fatos que mencionei opõem-se a essa teoria. Utilizar uma solução concentrada de digitalis é uma ideia inteligente, porque a sra. Boynton já tomava esse remédio. Mas o que faria um membro da família então? Só havia uma coisa sensata a fazer: colocar o veneno *dentro do frasco de remédio*! Seria o que qualquer pessoa com bom-senso e acesso ao medicamento faria! Mais cedo ou mais tarde, a sra. Boynton tomaria uma dose do remédio e morreria... e mesmo que descobrissem a digitalis no frasco, tal incidente poderia ser atribuído a um erro do farmacêutico. Nada seria provado! Por que, então, *o roubo da seringa hipodérmica?* Existem duas explicações para isso. Ou o dr. Gerard não viu direito e a seringa nunca foi roubada, ou ela foi roubada porque o assassino *não* tinha acesso ao remédio, ou seja, o assassino *não* era um membro da família Boynton. Esse dois fatos indicam fortemente que quem cometeu o crime foi *uma pessoa de fora*! Percebi isso, mas fiquei intrigado, como disse, pelos sintomas de culpa demonstrados pela família Boynton. Seria possível que, *apesar do sentimento de culpa*, a família Boynton fosse *inocente*? Decidi provar não a culpa, mas a *inocência* da família! É nesse ponto que nos encontramos. O assassinato foi cometido por alguém de fora... isto é, *por alguém que não tinha intimidade suficiente com a sra. Boynton para entrar em sua tenda e mexer no seu frasco de remédio.*

Fez uma pausa.

– Existem três pessoas nesta sala que são tecnicamente de fora, mas têm uma ligação específica com o caso. O sr. Cope, que consideraremos primeiro, estava estreitamente relacionado com a família há algum tempo. Podemos descobrir da parte dele motivação e oportunidade para tal ato? Parece-me que não. A morte da sra. Boynton foi prejudicial para ele, já que representou o fim de certas esperanças. A menos que o motivo do sr. Cope fosse o desejo fanático de beneficiar outras pessoas, não há razão para que desejasse a morte da sra. Boynton. A não ser, claro, que exista um motivo que desconheçamos completamente. Não sabemos quais os vínculos do sr. Cope com a família Boynton.

O sr. Cope falou com dignidade:

– Isso tudo parece um pouco disparatado, sr. Poirot. Deve lembrar-se de que não tive nenhuma oportunidade de cometer o crime, e que de qualquer maneira tenho opiniões muito arraigadas sobre a santidade da vida humana.

– Sua posição sem dúvida parece impecável – disse Poirot com seriedade. – Numa obra de ficção, o senhor seria um dos principais suspeitos justamente por isso.

Virou-se ligeiramente na cadeira.

– Chegamos agora à srta. King. A srta. King tinha algumas razões e tinha também conhecimentos médicos, além de ser uma pessoa de personalidade forte e com determinação. Mas como deixou o acampamento antes das três e meia com os outros e não voltou até as seis, acho difícil que tenha tido oportunidade. A seguir, o dr. Gerard. Devemos levar em consideração a hora exata em que o crime foi cometido. De acordo com o depoimento do sr. Lennox Boynton, sua mãe já estava morta às 16h35. Segundo lady Westholme e a srta. Pierce, ainda estava viva às 16h16, quando saíram para passear. Ficam então *vinte minutos* por explicar. Quando as duas senhoras *saíam* do acampamento, cruzaram com o dr. Gerard voltando. Ninguém pode dizer *quais foram os movimentos do dr. Gerard no acampamento*, porque as duas senhoras estava de costas para ele, afastando-se dali. *Portanto, é perfeitamente possível que o dr. Gerard tenha cometido o crime.* Sendo médico, poderia simular os sintomas da malária com facilidade. E tinha, diria eu, um bom motivo: poderia desejar salvar uma determinada pessoa cuja razão (perda talvez mais vital do que a da vida) estava em perigo e achar que valia a pena sacrificar uma vida já esgotada.

– Suas ideias são fantásticas! – exclamou o dr. Gerard.

Sem prestar muita atenção, Poirot continuou:

– Mas, sendo assim, *por que o dr. Gerard teria levantado a hipótese de crime?* É quase certo que, não fosse sua declaração ao coronel Carbury, a morte da sra. Boynton teria sido atribuída a causas naturais. Foi *o dr. Gerard* o primeiro a falar em assassinato. Isso, meus amigos, não faz sentido!

– Não faz mesmo – falou rispidamente o coronel Carbury.

– Existe mais uma possibilidade – prosseguiu Poirot. – A sra. Lennox Boynton acabou de negar com veemência a possibilidade de sua jovem cunhada ser culpada. A força de sua objeção reside no fato de ela saber que a sogra já estava morta naquela hora. Mas lembrem-se que Ginevra Boynton passou a tarde inteira no acampamento. E houve um momento, quando lady Westholme e a srta. Pierce se afastavam dali e o dr. Gerard ainda não havia chegado...

Ginevra mexeu-se, inclinou-se para a frente encarando Poirot com um olhar estranho, inocente, intrigado.

– Fui *eu*? Acha que fui eu?

De repente, num movimento de incomparável beleza, levantou-se da cadeira, atravessou a sala e ajoelhou-se aos pés do dr. Gerard, agarrando-se a ele e olhando apaixonadamente para o seu rosto.

– Não, não deixe que eles digam isso! Estão fechando as paredes à minha volta novamente! Não é verdade!

Nunca fiz nada! São meus inimigos... querem me prender... me calar. O senhor *tem que* me ajudar. *O senhor* precisa me ajudar!

– Calma, minha filha – o médico passou a mão na cabeça da menina, num gesto delicado. Depois dirigiu-se a Poirot. – O que o senhor está dizendo é absurdo!

– Mania de perseguição? – perguntou Poirot. – Sim. Mas ela jamais teria feito dessa maneira. Teria sido mais *dramática*... um punhal... algo fora do normal... espetacular... nunca essa lógica fria e calma! É isso mesmo, meus amigos. Esse foi um crime premeditado... um crime de uma mente sã.

Poirot sorriu e curvou-se inesperadamente.

– *Je suis entièrement de votre avis** – disse tranquilamente.

---

* "Estou inteiramente de acordo", em francês. (N.T.)

Capítulo 18

– Vamos – disse Hercule Poirot. – Ainda temos um pequeno caminho a percorrer! O dr. Gerard invocou a psicologia. Examinemos, portanto, o lado psicológico da questão. Analisamos os *fatos*, estabelecemos uma *sequência cronológica de acontecimentos*, ouvimos as *provas*. Resta a psicologia. E a prova psicológica mais importante concerne à vítima – a psicologia da própria sra. Boynton. Vejamos, na minha lista de fatos específicos, os pontos três e quatro: *A sra. Boynton tinha prazer em impedir que a família se relacionasse com outras pessoas* e *a sra. Boynton, naquela tarde, incentivou a família a sair e deixá-la sozinha.* Esses dois fatos se contradizem totalmente! Por que, naquela tarde específica, a sra. Boynton teria mudado completamente sua maneira de pensar? Teria sentido uma ternura súbita, um impulso de benevolência? Parece-me, por tudo o que ouvi, extremamente improvável! Mas deve ter havido um *motivo.* Qual? Examinemos com mais atenção o caráter da sra. Boynton. Muito se falou dela: que era uma velha tirana, uma sádica mental, o diabo em pessoa, que era louca. Qual dessas visões é a verdadeira? A meu ver, quem mais se aproximou da verdade foi Sarah King, quando, num momento de inspiração em Jerusalém, enxergou a velha como um ser bastante patético. Mas não só patético... *fútil*! Procuremos colocar-nos na condição mental da sra. Boynton. Um ser humano que nasceu cheio de ambição, com anseio de dominar e de impor sua personalidade aos outros. Não sublimou essa enorme sede de poder, nem tentou controlá-la. Não, senhoras e senhores: alimentou-a! Mas no *fim*, ouçam bem, a que se resumia tudo? Não era uma grande força! Não era temida e odiada num círculo muito grande! *Era a pequena tirana de uma família afastada do convívio social!* E como disse o dr. Gerard, ficou cansada como qualquer outra ficaria com seu hobby e resolveu ampliar sua área de domínio, para se divertir! Mas isso lhe desvendou um aspecto inteiramente novo! Na viagem ao exterior, compreendeu pela primeira vez como era insignificante! E agora chegamos diretamente ao ponto número dez: as palavras ditas a Sarah King em Jerusalém. Sarah havia colocado o dedo na ferida. Revelara totalmente a triste futilidade do plano de existência da sra. Boynton! E agora, ouçam com atenção as palavras exatas da sra. Boynton, que, segundo a srta. King, falou com *muita malevolência*, sem nem olhar para ela. "*Nunca me esqueci de nada: nenhuma ação, nenhum nome, nenhum rosto.*" Essas palavras impressionaram muito a srta. King, sobretudo pela intensidade e pelo tom com que foram proferidas! A impressão causada em seu espírito foi tão forte que, creio, ela nem compreendeu seu significado. Vocês veem esse significado? – Esperou um momento. – Parece que não... Mas, *mes amis*, vocês não percebem que essas palavras *não eram uma resposta lógica* ao que a srta. King acabara de falar? "*Nunca me esqueci de nada: nenhuma ação, nenhum nome, nenhum rosto.*" Não faz sentido! Se ela tivesse dito: "Nunca esqueço um desaforo", ou algo parecido... mas não... *um rosto*, ela disse.. Ah! – disse Poirot, batendo as mãos. – Mas é evidente! Aquelas palavras, ditas de maneira ostensiva à srta. King, *não se destinavam a ela!* Destinavam-se a *alguém* por trás dela.

Fez uma pausa, observando a expressão de todos.

– Sim, é evidente! Aquele foi um momento psicológico na vida da sra. Boynton! Havia sido *exposta a si mesma* por uma jovem inteligente! Estava cheia de fúria... e naquele momento *reconheceu* alguém... *um rosto* do passado... uma vítima que lhe vinha às mãos... Voltamos, como veem, à *pessoa de fora*! *Agora* podemos compreender o significado da inesperada amabilidade da sra. Boynton na tarde de sua morte. *Ela queria ver-se livre da família porque* – para usar uma expressão popular – *outro peixe caíra em sua rede!* Queria o campo livre para conversar com a nova vítima... Agora, desse novo ponto de vista, consideremos os acontecimentos daquela tarde! A família Boynton deixou o acampamento e a sra. Boynton ficou sentada na entrada de sua caverna. Analisemos com cuidado os depoimentos de lady Westholme e da srta. Pierce. A última é uma testemunha duvidosa, pouco observadora e muito sugestionável. Lady Westholme, por outro lado, é perfeitamente segura quanto aos fatos e é ótima observadora. As duas concordam em *um* ponto: *Um árabe, um dos empregados, aproxima-se da sra. Boynton, diz-lhe alguma coisa que a aborrece e retira-se rapidamente.* Lady Westholme afirmou categoricamente que o empregado havia estado antes na tenda ocupada por Ginevra Boynton, mas vocês devem se lembrar de que a tenda do *dr. Gerard* era contígua à da jovem. É possível que o árabe tenha entrado na tenda do *dr. Gerard*...

O coronel Carbury perguntou:

– Está dizendo que um daqueles beduínos assassinou a velha com uma injeção no braço? Fantástico!

– Calma, coronel Carbury, ainda não terminei. Admitamos que o árabe podia ter saído da tenda do dr. Gerard e não da tenda de Ginevra Boynton. E então? As duas senhoras afirmam que não conseguiram ver seu rosto com clareza suficiente para identificá-lo e não ouviram o que foi dito. Isso é compreensível. A distância entre a tenda principal e a plataforma rochosa era de uns duzentos metros. Lady Westholme, no entanto, fez uma descrição completa do árabe, indo até o detalhe da calça esfarrapada e da maneira descuidada como estavam colocadas suas caneleiras.

Poirot inclinou-se para a frente.

– E isso, meus amigos, *é muito estranho!* Porque se não dava para ver seu rosto nem ouvir o que se dizia, *era impossível reparar nos detalhes da calça e das caneleiras*, a duzentos metros de distância! Foi um erro, que me sugeriu uma ideia curiosa. *Por que* insistir tanto no aspecto da calça e das caneleiras? Poderia ser porque a calça *não* estava rasgada e *as caneleiras não existiam*? Lady Westholme e a srta. Pierce viram o homem... mas de onde estavam, *não se viam uma à outra*. Isso se comprova pelo fato de lady Westholme *ter ido ver* se a srta. Pierce estava acordada, encontrando-a na entrada de sua tenda.

– Meu Deus! – exclamou o coronel Carbury, endireitando-se na cadeira. – Está insinuando que...

– Estou insinuando que, após verificar o que a srta. Pierce, a única testemunha que podia estar acordada estava fazendo, lady Westholme voltou para sua tenda, vestiu as calças de montaria, botas e casaco cáqui, improvisou uma touca árabe com um pano e um novelo de lã, e assim vestida entrou na tenda do dr. Gerard, abriu sua maleta de medicamentos, escolheu uma droga adequada, pegou a seringa, encheu-a e foi direto em direção à sua vítima. A sra. Boynton talvez estivesse cochilando. Lady Westholme foi rápida. Pegou-a pelo braço e aplicou-lhe a injeção. A sra. Boynton chegou a gritar, tentou levantar-se, mas caiu sentada. O "árabe" saiu correndo, com todos os indícios de perplexidade. A sra. Boynton sacudiu a bengala, tentou levantar-se de novo e caiu de novo na cadeira. Cinco minutos mais tarde, lady Westholme vai para junto da srta. Pierce e comenta sobre a cena que acabou de presenciar, *imprimindo sua própria versão na outra.* Em seguida, as duas saem para dar uma volta, parando sob a plataforma, onde lady Westholme grita alguma coisa para a velha senhora, sem receber resposta. Sabe que a sra. Boynton está morta, mas diz: "Que grosseria rosnar para nós desse jeito!". A srta. Pierce concorda... já tinha ouvido várias vezes a sra. Boynton responder com grunhidos... seria capaz de jurar, se necessário, que realmente a ouviu grunhir. Lady Westholme, acostumada com o mundo da política, sabia da influência que uma mulher dominadora como ela poderia ter sobre outra do tipo da srta. Pierce. A única falha de seu plano foi a devolução da seringa. A volta antecipada do dr. Gerard estragou tudo. Esperando que ele não tivesse reparado na falta da seringa, recolocou-a no lugar à noite.

Fez uma pausa.

Sarah perguntou:

– Mas *por quê*? Por que lady Westholme desejaria matar a velha sra. Boynton?

– A senhorita não me disse que lady Westholme estava bem perto quando a senhorita falou com a sra. Boynton em Jerusalém? Era a lady Westholme que as palavras da sra. Boynton se dirigiam. "*Nunca me esqueci de nada: nenhuma ação, nenhum nome, nenhum rosto.*" Acrescente a isso o fato de a sra. Boynton *ter sido carcereira numa prisão* e temos uma ideia bastante clara da verdade. Lorde Westholme conheceu a futura esposa numa viagem de volta da *América*. Lady Westholme, antes de se casar, havia cometido um crime e cumprira sentença na prisão. Veem o terrível dilema em que se encontrava? Sua carreira, suas ambições, sua posição social – estava tudo em jogo! Ainda não sabemos a natureza do crime pelo qual esteve presa, logo saberemos, mas deve ter sido algo capaz de destruir sua carreira política caso viesse a público. E lembrem-se, *a sra. Boynton não era uma chantagista qualquer*. Não queria dinheiro. Desejava apenas o prazer de torturar suas vítimas por um tempo e depois revelar a verdade da forma mais espetacular possível! Enquanto a sra. Boynton estivesse viva, lady Westholme não teria segurança. Seguiu as instruções da sra. Boynton para encontrá-la em Petra; sempre me pareceu estranho que uma mulher tão consciente de sua importância como lady Westholme preferisse viajar como simples turista, mas já devia estar planejando o assassinato. Viu uma oportunidade e não pestanejou. Só cometeu dois pequenos deslizes. Um deles foi falar um pouco demais – a descrição das calças rasgadas me chamou logo a atenção. Outro foi confundir-se de tenda e entrar na de Ginevra, onde a menina cochilava, e não na do dr. Gerard. Daí a história da jovem, meio verdadeira, meio fantasiosa, de um xeque disfarçado. Distorceu a realidade, obedecendo a seu instinto de dramatização, mas a indicação foi suficiente para mim.

Fez uma pausa.

– Em breve teremos confirmação disso tudo. Consegui as impressões digitais de lady Westholme sem ela saber. Serão comparadas com as impressões digitais dos arquivos da prisão em que a sra. Boynton foi carcereira. Logo saberemos a verdade.

Calou-se.

Um estampido seco e forte quebrou o silêncio momentâneo.

– O que foi isso? – perguntou o dr. Gerard.

– Pareceu-me um tiro – disse o coronel Carbury, levantando-se rapidamente. – No quarto ao lado. A propósito, de quem é o quarto?

Poirot murmurou:

– Já imagino... é o quarto de lady Westholme.

Epílogo

Notícia extraída do *Evening Shout*:

*É com pesar que anunciamos a morte de lady Westholme, M.P.**, *em consequência de um trágico acidente. Lady Westholme, que gostava de viajar por países longínquos, costumava carregar em sua bagagem um pequeno revólver. Estava limpando a arma quando esta disparou, matando-a. A morte foi instantânea. Sinceros pêsames a lorde Westholme etc. etc.*

Numa quente noite de junho, cinco anos depois, Sarah Boynton e o marido assistiam a *Hamlet* num teatro londrino. Sarah segurou o braço de Raymond quando as palavras de Ofélia flutuaram no palco iluminado:

Como distinguir de todos
O meu amante fiel?
Pelo bordão e a sandália;
Pela concha do chapéu.

Está morto, senhora, foi embora;
Está morto, foi embora,
Uma lápide por cima
E grama verde, por fora.
Oh, oh!

* Parlamentar, do inglês Member of Parliament. (N.T.)

Sarah sentiu um nó na garganta. Aquela beleza delicada, aquele sorriso etéreo de uma pessoa transportada além das preocupações e tristezas, para uma região onde as miragens flutuantes eram reais...

Sarah disse a si mesma:

– Que linda...

Aquela voz marcante, cadenciada, maravilhosa sempre, mas agora disciplinada e modulada, como um instrumento perfeito.

Sarah exclamou com firmeza quando o pano desceu no fim do ato:

– Jinny é uma excelente atriz!

Mais tarde, sentaram-se juntos numa mesa no Savoy. Ginevra, sorrindo, distante, virou-se para o homem de barba a seu lado.

– Fui bem, não fui, Theodore?

– Você foi maravilhosa, querida.

Um sorriso de satisfação apareceu em seus lábios.

Murmurou:

– *Você* sempre acreditou em mim... sempre soube que eu seria capaz de fazer muitas coisas... mover multidões...

Numa mesa não muito longe, o Hamlet da noite comentava sombrio:

– Seus maneirismos! É claro que *no início* as pessoas gostam... mas não é *Shakespeare.* Viu como ela estragou a minha saída?

Nadine, sentada em frente a Ginevra, disse:

– Que emocionante estar aqui em Londres com Jinny encenando Ofélia e fazendo tanto sucesso!

Ginevra agradeceu em tom suave:

– Fiquei feliz que vocês vieram.

– Uma autêntica reunião de família – disse Nadine, sorrindo e olhando em volta. Depois, para Lennox: –

Acho que as crianças poderiam vir na matinê, não? Já têm idade e querem tanto ver a tia Jinny no palco!

Lennox, um Lennox saudável, feliz e de olhar sorridente, ergueu sua taça.

– Aos recém-casados, sr. e sra. Cope.

Jefferson Cope e Carol agradeceram o brinde.

– O amante infiel! – disse Carol, rindo. – Jeff, você devia brindar a seu primeiro amor, que está bem na sua frente.

Raymond falou com alegria:

– O Jeff está ficando vermelho! Não gosta que lhe recordem os velhos tempos.

Seu rosto anuviou-se de repente.

Sarah tocou-lhe as mãos, e as nuvens desfizeram-se.

– Parece apenas um sonho mau!

Um homem elegante apareceu. Hercule Poirot, impecavelmente vestido, os bigodes torcidos com orgulho, curvou-se de maneira régia.

– Mademoiselle – disse a Ginevra –, *mes hommages.** A senhorita esteve soberba!

Todos o cumprimentaram com afeto, e ele se sentou ao lado de Sarah. Sorriu à sua volta e quando os outros estavam distraídos conversando, inclinou-se para Sarah e disse:

– *Bien*, parece que agora está tudo bem com *la famille Boynton*!

– Graças ao *senhor*! – disse Sarah.

– Seu marido está ficando muito importante. Li hoje uma excelente crítica sobre seu último livro.

– Sou suspeita para falar, mas é de fato muito bom! O senhor sabia que Carol e Jefferson Cope resolveram se casar? E Lennox e Nadine têm dois filhos lindos... fofos, como diz Raymond. Quanto a Jinny... ela é genial!

* "Minhas felicitaçoes", em francês. (N.T.)

Olhou para o rosto doce e a linda coroa dourada nos cabelos ruivos da cunhada e de repente ficou séria por um momento.

Levou a taça à boca.

– Quer propor um brinde, madame? – perguntou Poirot.

Sarah falou devagar:

– Lembrei-me dela, de repente. Olhando para Jinny, reparei, pela primeira vez, na semelhança. A mesma coisa... só que Jinny é luz... e ela era escuridão.

Do lado oposto da mesa, Ginevra disse inesperadamente:

– Coitadinha da mamãe... era *estranha*... Agora, que estamos todos tão felizes, tenho pena dela. Não conseguiu o que queria na vida. Deve ter sido difícil para ela.

Quase sem parar, começou a recitar algumas falas de *Cimbeline*, enquanto os outros ouviam encantados a musicalidade das palavras:

Não mais temas o calor do sol,
Nem as iras do inverno furioso;
Tua tarefa no mundo foi cumprida,
Voltas para casa, levando tua paga.

Livros de Agatha Christie publicados pela **L&PM** EDITORES

O homem do terno marrom
O segredo de Chimneys
O mistério dos sete relógios
O misterioso sr. Quin
O mistério Sittaford
O cão da morte
Por que não pediram a Evans?
O detetive Parker Pyne
É fácil matar
Hora Zero
E no final a morte
Um brinde de cianureto
Testemunha de acusação e outras histórias
A Casa Torta
Aventura em Bagdá
Um destino ignorado
A teia da aranha (com Charles Osborne)
Punição para a inocência
O Cavalo Amarelo
Noite sem fim
Passageiro para Frankfurt
A mina de ouro e outras histórias

MEMÓRIAS

Autobiografia

MISTÉRIOS DE HERCULE POIROT

Os Quatro Grandes
O mistério do Trem Azul
A Casa do Penhasco
Treze à mesa
Assassinato no Expresso Oriente
Tragédia em três atos
Morte nas nuvens
Os crimes ABC
Morte na Mesopotâmia
Cartas na mesa
Assassinato no beco
Poirot perde uma cliente
Morte no Nilo
Encontro com a morte
O Natal de Poirot
Cipreste triste
Uma dose mortal
Morte na praia
A Mansão Hollow
Os trabalhos de Hércules
Seguindo a correnteza
A morte da sra. McGinty
Depois do funeral
Morte na rua Hickory
A extravagância do morto
Um gato entre os pombos
A aventura do pudim de Natal
A terceira moça
A noite das bruxas
Os elefantes não esquecem
Os primeiros casos de Poirot
Cai o pano: o último caso de Poirot
Poirot e o mistério da arca espanhola e outras histórias
Poirot sempre espera e outras histórias

MISTÉRIOS DE MISS MARPLE

Assassinato na casa do pastor
Os treze problemas

Um corpo na biblioteca
A mão misteriosa
Convite para um homicídio
Um passe de mágica
Um punhado de centeio
Testemunha ocular do crime
A maldição do espelho
Mistério no Caribe
O caso do Hotel Bertram
Nêmesis
Um crime adormecido
Os últimos casos de Miss Marple

MISTÉRIOS DE TOMMY & TUPPENCE

O adversário secreto
Sócios no crime
M ou N?
Um pressentimento funesto
Portal do destino

ROMANCES DE MARY WESTMACOTT

Entre dois amores
Retrato inacabado
Ausência na primavera
O conflito
Filha é filha
O fardo

TEATRO

Akhenaton
Testemunha de acusação e outras peças
E não sobrou nenhum e outras peças

ANTOLOGIAS DE ROMANCES E CONTOS

Mistérios dos anos 20
Mistérios dos anos 30
Mistérios dos anos 40
Mistérios dos anos 50
Mistérios dos anos 60
Miss Marple: todos os romances v. 1
Poirot: Os crimes perfeitos
Poirot: Quatro casos clássicos

GRAPHIC NOVEL

O adversário secreto
Assassinato no Expresso Oriente
Um corpo na biblioteca
Morte no Nilo

Agatha Christie®

SOB O PSEUDÔNIMO DE MARY WESTMACOTT

AS AVENTURAS COMPLETAS DA DUPLA

Tommy & Tuppence

Agatha Christie®

L&PM POCKET

Miss Marple

Agatha Christie®

L&PM POCKET

Agatha Christie®

EM TODOS OS FORMATOS

AGORA TAMBÉM EM FORMATO TRADICIONAL (14x21)

L&PM EDITORES

Antologias de romances protagonizados por Miss Marple e Poirot & uma deliciosa autobiografia da Rainha do Crime

EM FORMATO 16x23 CM

Agatha Christie®

L&PM EDITORES

IMPRESSÃO:
PALLOTTI
GRÁFICA
Santa Maria - RS | Fone: (55) 3220.4500
www.graficapallotti.com.br